Journal d'une Princesse

MEG CABOT

Journal d'une Princesse

Traduit de l'anglais (États-Unis)
par Josette Chicheportiche

hachette

L'édition originale de cet ouvrage a paru en langue anglaise chez HarperCollins Children's Books USA sous le titre :

The Princess Diaries, volume II : PRINCESS IN THE SPOTLIGHT

Hachette Livre, 43 quai de Grenelle, 75015 Paris.

Quand la vie est horrible, mais alors vraiment horrible, je songe plus fort que jamais que je suis une princesse. Je me dis : « Je suis une princesse. » Vous ne pouvez pas savoir comme ça aide à oublier.

Une Petite Princesse,
Frances Hodgson Burnett

Lundi 20 octobre, 8 heures du matin

Je prenais mon petit déjeuner ce matin, comme tous les matins, quand ma mère est sortie de la salle de bains en faisant une drôle de tête. Elle était toute pâle, elle avait les cheveux en bataille et elle portait sa vieille robe de chambre en pilou. Généralement, ça veut dire qu'elle couve quelque chose, sinon, elle enfile un kimono.

« Tu veux que je te prépare une aspirine, maman ? je lui ai proposé. J'ai l'impression que ça te ferait du bien. »

Elle m'a regardée comme si elle ne me reconnaissait pas puis elle a répondu d'une voix hébétée : « Non. Non merci. »

J'ai pensé qu'il s'était passé quelque chose de grave. Est-ce que Fat Louie avait mangé une chaussette ? Est-ce qu'on allait nous couper l'électricité parce que j'avais oublié d'aller pêcher la facture dans le saladier où maman les range habituellement ?

Je l'ai attrapée par le bras et je lui ai dit : « Maman, qu'est-ce qui se passe ? Réponds-moi ! »

Elle a secoué la tête de gauche à droite, comme quand elle ne comprend rien aux instructions pour faire cuire au micro-ondes une pizza surgelée et elle m'a répondu, l'air choqué mais heureux : « Mia. Je vais avoir un bébé. »

Dites-moi que je rêve. MAIS DITES-MOI QUE JE RÊVE !!!

Ma mère est enceinte de mon prof de maths.

Lundi 20 octobre, en perm

Je vous jure que j'essaie d'être calme. C'est vrai, quoi, il n'y a aucune raison pour que je m'énerve.

Ça ne servirait à rien.

Mais COMMENT NE PAS S'ÉNERVER quand sa mère s'apprête à avoir un AUTRE enfant naturel ?

On pourrait penser que je lui aurais servi de leçon. Eh bien, non !

Comme si je n'avais pas assez de problèmes. Comme si ma vie n'était pas déjà assez compliquée comme ça. Je ne vois pas ce que je pourrais supporter de plus. Mais apparemment, ça ne suffit pas :

1. Que je sois la plus grande de ma classe.
2. Que ma poitrine soit quasi inexistante.
3. Que j'aie découvert, le mois dernier, que ma mère sortait avec mon prof de maths et que j'étais aussi la seule héritière du trône d'une minuscule principauté d'Europe.
4. Que je sois obligée de prendre des leçons de princesse.
5. Qu'en décembre, je doive passer à la télé pour être présentée à mon peuple (la population de Genovia ne dépasse pas les 50 000 habitants, mais tout de même).
6. Que je ne sois jamais sortie avec un garçon.

Eh bien, non. Ça ne suffit pas. Il faut, en plus, que ma mère retombe enceinte sans être mariée.

Merci, maman. Merci beaucoup.

Lundi 20 octobre, en perm

Et la contraception, alors ? Est-ce que quelqu'un peut m'expliquer à quoi pensaient ma mère et Mr. Gianini quand ils l'ont fait ?

En même temps, ça ressemble tellement à ma mère ! Déjà qu'elle oublie d'acheter du papier toilette. Alors comment voulez-vous qu'elle pense à prendre ses précautions ???

Lundi 20 octobre, pendant le cours de maths

Je n'arrive pas à le croire. Elle n'a pas pu faire une chose pareille.

Ma mère est enceinte de mon prof de maths et elle ne lui a pas dit. ELLE NE LE LUI A PAS DIT !

Je le sais, parce que quand je suis entrée en cours, Mr. Gianini a fait : « Bonjour, Mia. Comment vas-tu ? »

B*onjour, Mia. Comment vas-tu ?*

Ce n'est pas le genre de chose qu'on dit à quelqu'un dont la mère attend votre enfant... On dit plutôt : « Excuse-moi, Mia, est-ce que je pourrais te parler, s'il te plaît ? »

Ensuite, on emmène dans le couloir la fille de la femme avec qui on a osé commettre un tel acte, et là on tombe à genoux, on rampe à ses pieds et on lui demande pardon. Et on lui demande si elle est d'accord. Voilà ce qu'on fait.

J'aimerais bien savoir à qui va ressembler mon petit frère ou ma petite sœur. Côté maternel, je n'ai pas à m'inquiéter : ma mère est super sexy. En revanche, que je n'aie hérité ni de sa chevelure noire ni de sa poitrine prouve bien que je suis une anomalie biologique.

Mais Mr. G, je ne sais pas. Ce n'est pas qu'il soit moche. Il est plutôt grand, il a encore tous ses cheveux (là, il marque un point puisque mon père a le crâne comme une boule de billard). Mais ses narines ? Franchement, je n'arrive pas à m'y faire. Elles sont tellement... larges.

J'espère pour le bébé qu'il aura les narines de ma mère et la capacité de Mr. Gianini à calculer de tête les fractions.

Ce qui est triste, c'est que Mr. G n'a pas la moindre idée de ce qui l'attend. Je l'aurais volontiers plaint si ça n'avait pas été sa faute. Je sais qu'il faut être deux pour faire un bébé, mais je vous rappelle que ma mère est artiste peintre et que Mr. Gianini est prof de maths.

C'est qui, celui qui est censé être responsable, hein ?

Lundi 20 octobre, pendant le cours d'anglais

Super. J'ai bien dit *super*.

Comme si ma vie n'était pas suffisamment compliquée ! La prof d'anglais nous a demandé de tenir un journal pendant tout le trimestre. Je ne plaisante pas. Un journal ! C'est quoi ce que je fais en ce moment ?

Mais ce n'est pas tout : à la fin de chaque semaine, on est censé lui *remettre notre journal.* Pour qu'elle *le* lise ! Parce que Mrs. Spears veut mieux nous connaître. Bref, dans un premier temps, on doit se présenter et dresser la liste de ce qui nous caractérise. Et dans un deuxième temps, on doit évoquer nos pensées et nos émotions les plus intimes.

Elle rêve ou quoi ? Il est hors de question que je dévoile à Mrs. Spears mes pensées et mes émotions les plus intimes. Déjà que ma mère ne les connaît pas. Pourquoi alors j'irais les partager avec mon *prof d'anglais* ?

Je ne peux pas non plus lui remettre ce journal. Il contient des tas de détails que je ne veux révéler à personne. Comme le fait que ma mère soit enceinte de mon prof de maths, par exemple.

Résultat, je vais devoir commencer un deuxième journal. Mais un journal qui sera *faux*. Au lieu de noter mes sentiments et mes émotions les plus intimes, j'écrirai des craques et c'est ça que la prof d'anglais lira.

Je suis tellement bonne pour raconter des craques que Mrs. Spears ne verra pas la différence.

Le journal de Mia Thermopolis
Bas les pattes !
Oui, vous !
Sauf si vous êtes Mrs. Spears !

Présentation

Nom :
Amelia Mignonette Thermopolis Renaldo, connue sous le nom de Mia.
Son Altesse royale, la princesse de Genovia, ou plus simplement Princesse Mia dans certains cercles.

Âge :
14 ans 1/2.

Classe :
Seconde.

Sexe :
J'adore. Ha ! Ha ! Je plaisante, Mrs. Spears !
Officiellement, féminin bien que l'absence de poitrine prête à confusion et évoque l'androgynie.

Physique :

1,75 m.

Cheveux châtain clair (depuis peu avec des mèches blondes).

Yeux gris.

Chaussures taille 42.

Le reste n'a aucun intérêt.

Parents :

Mère : Helen Thermopolis.

Profession : artiste peintre.

Père : Arthur Christoff Philippe Gerald Renaldo.

Profession : Prince de Genovia.

Situation de famille des parents :

Parce que je suis le fruit d'une aventure de jeunesse entre ma mère et mon père, ils ne se sont jamais mariés (ensemble) et sont tous les deux actuellement célibataires. C'est probablement mieux ainsi dans la mesure où ils passent leur temps à se disputer (entre eux).

Animaux de compagnie :

Un chat, Fat Louie. Il a un pelage orange et blanc et pèse onze kilos. Il a huit ans et est au régime depuis six ans à peu près.

Quand Fat Louie est en colère, parce qu'on a

oublié de lui donner à manger, par exemple, il se rabat sur la première chaussette qui traîne. Il est aussi attiré par tout ce qui brille et fait collection de capsules de bouteilles de bière. Il les cache derrière les toilettes de ma salle de bains. Je suis sûre qu'il pense que je ne suis pas au courant.

Meilleure amie :

Lilly Moscovitz. On se connaît depuis la maternelle. Je l'aime bien parce qu'elle est drôle et très, très intelligente.

Lilly a sa propre émission de télé : *Lilly ne mâche pas ses mots*, qui passe sur le câble. À part ça, elle a toujours de bonnes idées, comme voler la maquette du Parthénon que la classe de latin et de grec a fabriquée pour la fête de l'école et demander une rançon équivalente à cinq kilos de bonbons.

Attention, je ne dis pas que c'est nous, Mrs. Spears. C'était juste un exemple du genre d'idées que peut avoir Lilly.

Petit ami :

J'aimerais tellement...

Adresse :

Je vis à New York avec ma mère depuis que je suis toute petite. Sauf l'été. L'été, je le passe en général avec mon père dans le château que sa mère possède en France. Le restant de l'année, mon père habite à Genovia, un tout petit pays en Europe, au bord de la Méditerranée, entre l'Italie et la France. Pendant longtemps, j'ai cru que mon père occupait un poste très important à Genovia, comme maire ou quelque chose dans le genre. Personne ne m'avait dit en fait qu'il appartenait à la famille royale de Genovia – mieux que ça, que c'était l'actuel monarque, Genovia étant une principauté. Je suppose que je serais restée dans l'ignorance si mon père n'avait pas eu un cancer des testicules qui l'a rendu stérile et qui a fait de moi, sa fille illégitime, l'unique héritière du trône de Genovia. Depuis qu'il m'a mise au courant de ce *petit* détail (il y a un mois), il habite au *Plaza*, à New York, et sa mère, c'est-à-dire ma grand-mère, la princesse douairière, me donne des cours pour que j'apprenne à devenir son héritière.

Je n'ai qu'une chose à dire : merci. Merci *beaucoup.*

Vous voulez savoir, sinon, ce que je trouve triste dans tout ça ? C'est que tout ce que j'ai écrit est vrai.

Lundi 20 octobre, pendant le déjeuner

Lilly sait.

Bon d'accord, elle ne sait peut-être pas, mais elle sait qu'il y a quelque chose qui ne va pas. Je vous rappelle quand même qu'il s'agit de Lilly et que Lilly sait tout le temps quand quelque chose me tracasse.

Par exemple, il lui a suffi d'un regard tout à l'heure, quand elle s'est assise en face de moi, au réfectoire, pour deviner que je n'étais pas dans mon assiette. Elle m'a fait : « Qu'est-ce que tu as ? Il y a quelque chose qui ne va pas ? C'est Fat Louie ? Il a encore mangé une chaussette ? »

Si seulement elle pouvait dire vrai ! Évidemment, je ne suis pas en train de regretter que Fat Louie n'ait pas mangé de chaussette. Parce que ça non plus, ce n'est pas drôle. Il faut l'emmener de toute urgence chez le véto, sinon il risque de mourir. Et mille dollars plus tard, on a une chaussette à moitié digérée en souvenir.

Mais au moins Fat Louie reprend une vie normale après.

Tandis que ça... Mille dollars n'y feront rien. Et la vie ne sera plus jamais pareille après.

C'est très, très gênant que ma mère et Mr. Gianini L'AIENT FAIT.

Pire. Qu'ils l'aient fait SANS PRÉCAUTION. C'est vrai, quoi. À quelle époque vivent-ils ?

Bref, j'ai répondu à Lilly qu'elle se trompait et que j'avais l'air bizarre tout simplement parce que j'avais mes règles. Ça m'embêtait un peu de parler de *ça* en présence de Lars, mon garde du corps. Il était assis à notre table et mangeait un sandwich turc que Wahim, le garde du corps de Tina Hakim Baba, avait acheté en face de *Chez Ho*, le traiteur chinois à côté de l'école. (Tina a un garde du corps parce que son père, qui est cheikh, a peur que sa fille se fasse kidnapper par des membres d'une compagnie pétrolière rivale ; et moi j'ai un garde du corps parce que... eh bien, parce que je suis princesse, j'imagine.)

Vous en connaissez beaucoup des filles qui parlent de leur cycle menstruel devant leur garde du corps ?

Mais qu'est-ce que j'étais censée répondre ?

Cela dit, j'ai remarqué que Lars n'a pas fini son sandwich. Je me demande si ça ne l'a pas dégoûté, ce que j'ai dit.

En tout cas, Lilly ne m'a pas crue. Parfois, elle me fait vraiment penser aux carlins que les vieilles dames promènent dans les parcs. Pas à cause de son visage tout ratatiné (chez elle, ça fait joli), mais parce que, quand elle tient quelque chose, elle ne le lâche pas.

Et là, c'est moi qu'elle ne lâchait pas. Elle m'a dit : « Si ce sont tes règles qui te tracassent, pourquoi tu écris dans ton journal, alors ? Je croyais que tu en voulais à ta mère de te l'avoir offert. Tu m'as même dit que tu ne t'en servirais pas. »

C'est vrai que je n'ai pas tellement apprécié quand ma mère m'a donné ce journal. Il paraît que j'ai trop de colère et d'agressivité refoulées et qu'il faut que je les exprime d'une façon ou d'une autre puisque j'ai perdu le contact avec l'enfant en moi et que je suis incapable de verbaliser mes sentiments.

À mon avis, ma mère a dû parler avec les parents de Lilly. Ils sont psychanalystes.

Comme j'ai appris, juste après, que j'étais la princesse de Genovia, j'ai commencé à noter mes réactions qui, après réflexion, sont effectivement assez agressives.

Mais ce n'est rien comparé à ce que je ressens aujourd'hui.

Ce n'est pas que j'éprouve de l'agressivité à l'égard de Mr. Gianini ou de ma mère. Ils sont adultes, après tout, et assez grands pour savoir ce qu'ils font. Mais est-ce qu'ils ne voient pas que leur inconséquence va changer non seulement leur vie mais la vie de tous ceux qui les entourent ? De Grand-Mère, par exemple. Je n'ose pas imaginer sa réaction quand elle apprendra que maman va avoir un AUTRE bébé sans être mariée.

Et mon père ? Déjà qu'il a eu un cancer des testicules cette année ! Qui sait si ça ne va pas l'achever de découvrir que la mère de sa fille unique va accoucher de l'enfant d'un autre homme ? Ce n'est pas qu'il soit encore amoureux de maman, non, ça n'a rien à voir. Enfin, je crois.

Et Fat Louie ? Comment va-t-il réagir à la présence d'un bébé à la maison ? Il est suffisamment en manque d'affection comme ça, étant donné que je suis la seule ici à penser à lui donner à manger. Il va peut-être vouloir se sauver ou remplacer les chaussettes par la télécommande ?

En même temps, ça ne m'embêterait pas trop d'avoir une petite sœur ou un petit frère. Ce serait même cool. Si c'était une fille, je partagerais ma chambre avec elle. Je lui donnerais son bain et je mettrais plein de produit pour que ça mousse et je l'habillerais comme Tina Hakim Baba et moi on a habillé ses petites sœurs – et son petit frère, aussi, maintenant que j'y repense.

Finalement, je préfère ne pas avoir de petit frère. Tina Hakim Baba m'a dit que les bébés garçons vous font pipi sur la figure quand vous les changez. C'est trop dégoûtant.

Est-ce que ma mère n'aurait pas pu penser à ce genre de détail avant de le faire avec Mr. Gianini ?

Lundi 20 octobre, pendant l'étude dirigée

Je viens de penser à autre chose. Combien de fois ma mère est sortie avec Mr. Gianini ? Pas tellement, finalement. Huit fois, peut-être.

Huit petites fois, et ils ont trouvé le moyen de le faire. Et certainement plus d'une fois, parce que les femmes de trente-six ans ne tombent pas enceintes du premier coup. Je le sais parce que le *New York Magazine* regorge de petites annonces de femmes prématurément ménopausées qui recherchent des ovules de femmes plus jeunes.

Ce qui n'est pas le cas de ma mère. Non, pas du tout. Ma mère a encore tout ce qu'il faut.

J'aurais dû me douter que cela allait arriver. Surtout après ce fameux matin où je suis tombée sur Mr. Gianini, en caleçon, dans la cuisine. J'ai essayé de réprimer ce souvenir, mais ça n'a pas marché.

Au fait, est-ce que ma mère a pensé à prendre ses vitamines B ? Je parie que non. Et est-ce qu'elle sait que les pousses de luzerne sont hyper dangereuses pour le développement du fœtus ? Il y a des pousses de luzerne dans le frigo. Notre frigo ne contient que des produits mortels pour un enfant en gestation. Il y a de la BIÈRE dans le compartiment à légumes.

Ma mère pense peut-être qu'elle appartient à la catégorie des parents responsables, mais elle a encore beaucoup à apprendre. Dès mon retour, je lui ferai lire tous les documents que j'ai trouvés sur le Net. Si elle croit que je vais la laisser mettre en danger la santé de ma future petite sœur ou de mon futur petit frère, elle rêve. Fini, les pousses de luzerne dans les sandwichs ! Fini, le café !

Lundi 20 octobre, toujours pendant l'étude dirigée

Lilly m'a surprise en train de surfer sur le Net à la recherche d'infos sur la grossesse.

Du coup, elle m'a demandé : « Est-ce que tu es bien sûre de m'avoir tout dit sur ce qui s'était passé entre Josh Richter et toi ? »

Je n'ai pas tellement apprécié sa question, étant donné qu'elle l'avait posée devant son frère Michael – sans parler de Lars, de Boris Pelkowski et du reste de la classe. Et en plus, elle a pratiquement hurlé.

Voilà une situation qui n'arriverait pas si les profs de cette école faisaient de temps en temps leur boulot de prof. À part Mr. Gianini, ils pensent tous que c'est tout à fait normal de nous filer un devoir et d'aller fumer ensuite une cigarette dans la salle des profs.

Ce qui est très mauvais pour leur santé, si vous voulez mon avis.

En tout cas, Mrs. Hill, c'est de loin la pire. Je sais bien que l'étude dirigée, ce n'est pas vraiment un cours et qu'on est là pour s'avancer dans son travail ou rattraper son retard. Mais si Mrs. Hill se donnait la peine d'être un peu plus présente pour diriger l'étude, peut-être que des élèves comme moi rattraperaient leur retard au lieu d'être la proie de CERTAINS GÉNIES ICI PRÉSENTS.

Lilly sait très bien que la seule chose que j'aie découverte en sortant avec Josh Richter, c'est qu'il s'est servi de moi parce que je suis princesse et qu'il pensait que ça lui permettrait d'avoir sa photo en couverture de *Génération Ado*. En plus, on n'a jamais été seuls, sauf si on compte le trajet en voiture. Mais, personnellement, je ne le compte pas, puisque Lars conduisait tout en surveillant qu'on ne croise pas la route de terroristes qui se seraient sentis obligés de me kidnapper.

Bref, j'ai quitté en vitesse le site de *Neuf mois dans la vie d'une femme*, mais malheureusement pas assez vite pour Lilly, qui s'est exclamée : « Mia ! Pourquoi ne m'as-tu rien dit ? »

Ça commençait à devenir très gênant. Aussi, j'ai expliqué à Lilly que c'était pour un dossier de bio.

Ce qui n'est pas tout à fait un mensonge : Kenny Showalter, avec qui je partage ma paillasse, est tout aussi opposé que moi à disséquer des grenouilles – ce qu'on doit faire au cours prochain. C'est une question d'éthique. Apparemment, Mrs. Sing a compris puisqu'elle nous a demandé de faire un dossier à la place.

Sauf que le sujet de notre dossier, c'est « Le cycle de vie du ver de farine ». Mais ça, Lilly ne le sait pas.

J'ai essayé de changer de sujet et je lui ai demandé si elle était au courant pour les pousses de luzerne, mais elle a continué à délirer sur Josh Richter et moi. Je n'y aurais pas tellement prêté attention si Michael, son frère, n'avait pas été assis juste à côté en train de tendre l'oreille au lieu de travailler à son magazine en ligne, *Le Cerveau*, comme il était censé le faire. C'est vrai, quoi ! Je suis quand même amoureuse de lui.

Évidemment, Michael ne sait rien de mes sentiments. Pour lui, je suis juste la meilleure amie de sa petite sœur, un point c'est tout. Il est obligé d'être gentil avec moi s'il ne veut pas que Lilly raconte à tout le monde qu'elle l'a surpris un jour en train de pleurer devant une rediffusion de *Sept à la maison.*

Et puis, je ne suis qu'en seconde. Michael, lui, est en terminale, il fait partie des meilleurs élèves que le lycée a jamais eus et il n'a pas hérité du gène du visage écrabouillé, comme sa sœur. Bref, tout ça pour dire que Michael Moscovitz pourrait sortir avec n'importe quelle fille du lycée Albert-Einstein.

Sauf avec une pom-pom girl. Les pom-pom girls ne sortent qu'avec des sportifs.

Non pas que Michael ne soit pas sportif. Il ne croit pas aux sports de groupe, c'est tout. Mais ça ne l'empêche pas d'avoir de très beaux quadriceps. Cela dit, ses bi et ses tri ne sont pas mal non plus. Je m'en suis aperçue un jour qu'il est entré torse nu dans la chambre de Lilly en pestant parce qu'on hurlait des obscénités, Lilly et moi, devant le clip vidéo de Christina Aguilera.

C'est pourquoi je n'ai pas tellement apprécié que Lilly évoque le fait que je puisse être enceinte devant son frère.

Cinq raisons pour lesquelles ce n'est pas évident d'être amie avec une personne de génie :

1. Elle utilise des mots que je ne comprends pas.
2. Elle ne reconnaît pas souvent ma capacité à apporter une contribution non négligeable à n'importe quelle conversation ou activité.
3. Dans des situations de groupe, elle a du mal à ne pas tout contrôler.

4. À l'inverse des gens normaux, quand elle cherche la solution à un problème, elle ne va pas de A à B, mais de A à D, histoire de compliquer les choses pour nous autres, pauvres créatures humaines à l'esprit inférieur.

5. On ne peut rien lui raconter sans qu'elle se mette à le disséquer et à l'analyser.

Devoirs :

Maths : problèmes p. 133.

Anglais : présenter l'histoire de sa famille (10 lignes).

Éducation civique : trouver un exemple de stéréotype négatif sur les Arabes (au cinéma, à la télé ou dans la littérature) et dire pourquoi.

Français : écrire un petit texte sur Paris.

Biologie : le système reproducteur (demander les réponses à Kenny).

Journal pour Mrs. Spears

L'histoire de ma famille

Du côté de mon père, on peut faire remonter mes ancêtres à 568 après J.-C. Cette année-là, un chef militaire wisigoth du nom d'Albion, qui semblait souffrir de ce qu'on appellerait aujourd'hui un trouble de la personnalité caractérisé par un fort autoritarisme, tua le souverain d'Italie ainsi que tous ses sujets avant de monter sur le trône. Après s'être fait sacrer roi, il décida d'épouser Rosagunde, la fille de l'un des généraux de l'ancien souverain.

Rosagunde, cependant, n'aimait pas beaucoup Albion, surtout après qu'il lui eut fait boire du vin dans le crâne de son père. Aussi, le soir de leurs noces, elle l'étrangla pendant son sommeil avec ses tresses.

Une fois Albion mort, le fils de l'ancien roi d'Italie prit la relève. Il était tellement reconnaissant à Rosagunde qu'il la nomma princesse de toute une région – laquelle se trouve être, aujourd'hui, Genovia. Selon les seuls documents de l'époque qui existent encore, Rosagunde régna avec bonté et sagesse. C'est mon arrière-grand-mère multipliée par soixante environ. C'est en partie grâce à elle que Genovia a l'un des taux d'alphabétisation les plus élevés d'Europe et l'un des plus bas en ce qui concerne la mortalité infantile et le chômage : Rosagunde mit en place un système très sophistiqué d'équilibre des pouvoirs (pour son époque) et supprima la peine de mort.

Du côté de ma mère, les Thermopolis vivaient en Crète, où ils étaient bergers de père en fils, jusqu'en 1904, date à laquelle Dionysius Thermopolis, l'arrière-grand-père de ma mère, en eut assez et décida de partir pour l'Amérique. Il atterrit à Versailles, dans l'Indiana, où il ouvrit une quincaillerie sur la place principale. Depuis, ce sont ses enfants qui tiennent le magasin. Ma mère dit qu'elle aurait eu une éducation moins répressive, et donc bien plus libérale, en Crète.

Suggestion de régime pour femme enceinte :

* Protéines deux à quatre fois par jour (viande, poisson, volaille, fromage, tofu, œufs ou produit laitier avec céréales).

* Un litre de lait (entier, écrémé, babeurre) ou équivalent (fromage, yaourt, fromage de chèvre).

* Un ou deux aliments riches en vitamine C : pommes de terre cuites avec la peau, raisin, orange, melon, poivre vert, choux, fraises, jus d'orange.

* Un fruit ou un légume jaune ou orange.

* Quatre à cinq tranches de pain complet, crêpes, tortillas, pain au maïs, céréales ou pâtes. Utilisez des germes de blé et de la levure de bière pour fortifier les autres aliments.

* Beurre, margarine, huile végétale.

* Six à huit verres de liquides : jus de fruit ou de légume, eau, tisanes. Évitez les boissons sucrées, l'alcool et le café.

* En cas de petites fringales : fruits secs, noix, graines de citrouille et de tournesol, pop-corn.

À mon avis, ma mère n'acceptera pas. À moins de la laisser rajouter du Ketchup, et encore, ce n'est même pas sûr.

À faire avant le retour de maman :

Jeter : bière, xérès de cuisine, pousses de luzerne, café, pépites de chocolat, salami.

Ne pas oublier la bouteille de vodka au congélateur.

Acheter : multivitamines, fruits frais, germes de blé, yaourts.

Lundi 20 octobre, après les cours

Pile au moment où je me disais que ma vie ne pouvait pas être pire, elle est devenue pire.

Grand-Mère a appelé.

Ce n'est pas juste. Je croyais qu'elle était partie se reposer à Baden-Baden. Quand je pense que je me faisais une telle joie à l'idée d'être débarrassée de ses séances de torture – appelées aussi « leçons de princesse », que mon père, ce despote, m'oblige à suivre. Moi aussi, j'aurais bien pris quelques vacances. Est-ce qu'ils pensent vraiment qu'à Genovia on se soucie de savoir si je sais me servir d'une fourchette à poisson ? Ou m'asseoir sans froisser ma jupe ? Ou dire merci en swahili ? Mon futur peuple n'aimerait-il pas plutôt savoir quelle est ma position par rapport à l'environnement ? À la détention illégale d'armes ? Aux problèmes de surpopulation ?

D'après Grand-Mère, les habitants de Genovia se fichent pas mal de tout ça. La seule chose qui les intéresse, c'est que je me tienne bien aux dîners officiels.

Ben voyons ! Ils feraient mieux de se faire du souci pour Grand-Mère. Et je parle sérieusement. Parce que ce n'est pas *moi* qui me suis fait tatouer un trait d'eyeliner sur les paupières. Ou qui fais porter des boléros en chinchilla à *mon* chien. Ou qui étais une amie intime de Richard Nixon.

Mais apparemment, je me trompe. C'est de *moi* que les gens se préoccupent. Comme si j'allais faire une bourde au moment de ma présentation en décembre.

Enfin.

Je viens d'apprendre que Grand-Mère n'était finalement pas partie, à cause de la grève des bagagistes de Baden-Baden.

Dommage que je ne connaisse pas le patron du syndicat des bagagistes de Baden-Baden ! Je lui aurais volontiers offert les cent dollars que mon père verse tous les jours en mon nom à Greenpeace afin que j'accomplisse mes devoirs de princesse, juste pour qu'ils reprennent le travail, ses collègues et lui, et me débarrassent de Grand-Mère pendant quelques jours.

Mais bon. Grand-Mère a laissé un message sur le répondeur. J'en ai des frissons dans le dos. Elle dit qu'elle a une surprise pour moi. Je suis censée la rappeler tout de suite.

Quelle peut bien être sa surprise ? Connaissant Grand-Mère, ça ne peut être que quelque chose d'horrible, comme un manteau en peau de bébé caniche.

Elle serait bien capable de m'en offrir un.

J'ai une idée : je vais faire comme si je n'avais pas entendu son message.

Lundi, plus tard

Je viens d'avoir Grand-Mère au téléphone. Elle voulait savoir pourquoi je ne l'avais pas rappelée. J'ai répondu que je n'avais pas écouté son message.

Pourquoi faut-il que je mente tout le temps ? Même pour des choses super simples, je ne peux pas m'empêcher de mentir. Et je suis censée être princesse ! Y a-t-il des princesses qui passent leur vie à mentir ?

Bref, Grand-Mère m'envoie son chauffeur pour que je vienne dîner avec papa et elle, dans sa suite, au *Plaza*. Elle me parlera de la surprise à ce moment-là.

Me parler de la surprise et non *me la montrer*. Ce qui exclut – avec un peu de chance – le manteau en peau de bébé chien.

Finalement, ce n'est pas plus mal que je dîne avec Grand-Mère ce soir. Ma mère a invité Mr. Gianini à la maison pour qu'ils puissent « discuter ». Elle n'a pas tellement apprécié que je jette le café et la bière (en fait, je ne les ai pas vraiment jetés. Je les ai donnés à la voisine). Elle râle parce qu'à cause de moi, elle n'aura rien à offrir à Mr. G quand il arrivera.

Je lui ai fait remarquer que c'était pour son bien, et que si Mr. Gianini était un gentleman, il renoncerait à la bière et au café pour la soutenir pendant les neuf mois de sa grossesse. Personnellement, c'est ce que j'attendrais du père de mon enfant.

C'est-à-dire au cas où je tombe un jour enceinte, en d'autres termes, au cas où JE LE FASSE un jour.

Lundi 20 octobre, 11 heures du soir

Pour une surprise, *c'est* une surprise.

Mais il faudrait que quelqu'un explique à Grand-Mère que les surprises sont censées faire plaisir. Parce que ça ne me fait pas plaisir du tout qu'elle se soit débrouillée pour que Beverly Bellerieve m'interviewe en prime-time dans *Twenty-Four/Seven*.

Qu'est-ce que j'en ai à faire que ce soit l'émission de télé la plus appréciée en Amérique ? J'ai dit et répété à Grand-Mère je ne sais pas combien de fois que je ne voulais pas qu'on me prenne en photo. Elle ne pouvait pas comprendre que c'était valable aussi pour la télé ? C'est vrai, quoi. Déjà que tout le monde dans mon entourage pense que je ressemble à un coton-tige ambulant, sans parler du fait que je n'ai toujours pas de poitrine et que ma coupe de cheveux évoque un panneau de signalisation. Ce n'est peut-être pas la peine que toute l'Amérique le sache, non ?

Mais Grand-Mère m'a rétorqué que ça faisait partie des devoirs d'un membre de la famille royale de Genovia. En plus, elle a réussi à rallier mon père à sa cause. Toute la soirée, il n'a su dire que : « Ta grand-mère a raison, Mia. »

Résultat, je suis coincée samedi après-midi avec Beverly Bellerieve.

J'ai essayé d'expliquer à Grand-Mère que cette histoire d'interview n'était pas une bonne idée, que je ne me sentais pas encore prête, et puis qu'on pouvait peut-être viser un peu moins haut la première fois et demander à Carson Daly, par exemple, de m'interviewer à la place.

Mais Grand-Mère n'a rien voulu entendre. Je n'ai jamais vu quelqu'un qui ait autant besoin d'une cure de repos à Baden-Baden. Grand-Mère avait l'air aussi détendu que Fat Louie quand le véto lui enfonce le thermomètre là où je pense pour prendre sa température.

Cela dit, ça a peut-être un lien avec le fait que Grand-Mère s'épile les sourcils pour s'en dessiner de nouveaux tous les matins. Ne me demandez pas pourquoi. Moi, je trouve que ses sourcils étaient très bien comme ça. J'ai vu la racine des poils. Mais récemment, j'ai remarqué qu'elle les dessinait de plus en plus haut sur le front, ce qui lui donne un air continuellement surpris. À mon avis, c'est à cause de ses nombreuses interventions de chirurgie esthétique. Si elle ne fait pas attention, elle va se retrouver un de ces jours avec les paupières à la hauteur des lobes frontaux.

Quant à mon père, il ne m'a été d'aucune aide. Il n'a pas arrêté de poser des questions sur Beverly

Bellerieve. Il voulait savoir, par exemple, si elle avait vraiment été Miss America en 1991 ou si elle sortait encore avec Ted Turner ou si c'était fini entre eux.

Je vous jure, pour un type qui n'a plus qu'un seul testicule, je trouve qu'il passe beaucoup de temps à penser au sexe.

Cette histoire d'interview nous a occupés pendant tout le dîner. On s'est demandé, par exemple, s'il valait mieux qu'elle ait lieu ici, à l'hôtel, ou bien à la maison. Sauf que si elle a lieu à l'hôtel, les gens risquent de se faire une idée fausse de moi. Mais d'après Grand-Mère, si elle a lieu à la maison, ils seront horrifiés de voir dans quelles conditions sordides ma mère m'a élevée.

Ce qui est totalement injuste. Le loft où on habite maman et moi n'est pas du tout sordide. Il fait habité, c'est tout.

« Jamais nettoyé, tu veux dire », a déclaré Grand-Mère.

C'est faux. J'ai passé le chiffon, la semaine dernière.

« Et avec cet animal qui vit là, je me demande comment vous pouvez espérer que ce soit propre un jour », elle a insisté.

Fat Louie n'est absolument pas responsable de la saleté. Tout le monde sait que la poussière provient à 95 % des cellules de la peau humaine.

La seule chose qui compte, c'est que le tournage n'aura pas lieu à l'école. Ouf ! Vous imaginez un peu le caméraman en train de me filmer pendant que Lana Weinberger me torture en cours de maths ? Elle serait capable de manier son bâton de chef des pom-pom girls sous mon nez rien que pour me ridiculiser aux yeux du producteur. Et les gens, dans tout le pays, se diraient : « Qu'est-ce qu'elle a, cette pauvre fille ? Pourquoi ne s'autoréalise-t-elle pas ? »

Et que penseraient-ils de l'étude dirigée ? Et de cette histoire avec Boris Pelkowski qu'on enferme dans le placard pour ne plus l'entendre jouer du violon ? Est-ce que cela n'entre pas dans la catégorie « violation des droits de l'homme » ?

En tout cas, toute la soirée, j'ai entendu une petite voix en moi qui disait : *O.K., pendant qu'on discute de l'interview, Grand-Mère, papa et moi, à quelques rues d'ici, maman est en train d'annoncer à son amant – c'est-à-dire mon prof de maths – qu'elle est enceinte de lui.*

Et toute la soirée, je me suis demandé comment avait réagi Mr. G. Je me disais que je lui enverrais Lars s'il ne manifestait pas la moindre joie. Et j'étais sérieuse. Je voyais déjà Lars lui casser la figure, et pour pas cher, sans doute. Lars paie une pension à chacune de ses trois ex-femmes, c'est pourquoi je suis sûre qu'il ne dirait pas non à une dizaine de dollars supplémentaires, ce qui représente le maximum que je puisse verser à un tueur à gages.

Il faut vraiment que j'obtienne plus. C'est vrai, quoi. Vous en connaissez beaucoup, vous, des princesses qui ne touchent que dix dollars d'argent de poche par semaine ? Ce n'est même pas assez pour aller au cinéma.

Bon d'accord, j'exagère, mais je ne peux pas m'acheter de pop-corn.

Le problème, c'est que quand je suis rentrée à la maison, j'ai été incapable de savoir si j'allais devoir faire appel aux services de Lars ou pas. Mr. G. et maman s'étaient enfermés dans la chambre et ils parlaient à voix basse.

Je n'ai rien pu entendre, même en plaquant mon oreille contre la porte.

J'espère que Mr. G. le prend bien. C'est le copain le plus sympa que ma mère ait eu, même s'il a failli me mettre un D de moyenne générale dans mon dernier livret. Ça m'étonnerait qu'il fasse une bêtise, comme larguer maman ou exiger la garde de l'enfant.

Mais en même temps, c'est un homme, alors qui sait ?

Oh, oh ! Mon ordinateur me signale que je viens de recevoir un nouveau message. Il est de Michael.

Le cerveau : Qu'est-ce que tu avais, aujourd'hui ? Tu semblais ailleurs.
Ftlouie : Je ne vois pas de quoi tu parles. Je n'ai rien du tout. Je me sens très bien.

Quelle menteuse je fais.

Le cerveau : Ah bon. J'avais l'impression que tu n'écoutais pas un mot de ce que je t'ai expliqué sur les triangles semblables.

Depuis que j'ai appris que mon destin était de diriger une petite principauté d'Europe, je me suis efforcée de faire des progrès en maths parce que je sais que j'en aurai besoin pour équilibrer le budget de Genovia. Du coup, je suis des cours de soutien tous les jours, après l'école, et pendant l'étude dirigée, Michael me fait un peu travailler.

Mais j'avoue que j'ai un peu de mal à me concentrer quand c'est lui qui m'explique quelque chose. Il sent tellement bon !

Comment voulez-vous que je réfléchisse à l'inclinaison négative d'une courbe quand le garçon dont je suis amoureuse depuis... je ne sais pas... depuis toujours, je suppose, est assis à côté de moi et que son genou effleure le mien de temps en temps ?

Ftlouie : C'est faux. J'ai écouté. Si ABC et MNP sont deux triangles semblables et si k est le rapport de proportionnalité qui transforme ABC en MNP, alors : aire (MNP) = k2 aire (ABC).

Le cerveau : QUOI ???

Ftlouie : Ce n'est pas ça ?

Le cerveau : Tu l'as recopié dans ton livre de maths ?

Bien sûr.

Oh ! oh ! Ma mère frappe à ma porte...

Lundi, plus tard

Quand j'ai ouvert à ma mère, tout à l'heure, j'ai pensé que Mr. G était parti et je lui ai demandé comment ça s'était passé.

Et puis, j'ai vu qu'elle avait pleuré. Je l'ai prise dans mes bras et je lui ai fait un gros câlin en lui disant : « Ça va aller, maman. Je suis là. Je t'aiderai, je me lèverai la nuit pour lui donner son biberon, je changerai ses couches. Même si c'est un garçon. »

Ma mère m'a serrée contre elle et j'ai compris qu'elle n'avait pas pleuré parce qu'elle était triste, mais parce qu'elle était heureuse.

« Oh, Mia ! elle s'est exclamée. On veut que tu sois la première à l'apprendre. »

Elle m'a alors conduite dans le salon où Mr. Gianini attendait. Il avait l'air à moitié abruti. Mais abruti heureux.

J'ai deviné avant qu'ils me l'annoncent, mais j'ai fait comme si je ne m'y attendais pas.

Ma mère a dit : « On va se marier ! »

Et puis elle m'a attirée contre elle et contre Mr. G, et ils m'ont serrée très fort tous les deux.

Ça fait bizarre de se retrouver dans les bras de son prof de maths. C'est tout ce que j'ai à dire.

Mardi 21 octobre, 1 heure du matin

Au fait, je croyais que ma mère était féministe, qu'elle refusait la hiérarchie imposée par les hommes et qu'elle était contre l'assujetissement de la femme et la négation de l'identité féminine qu'entraîne le mariage.

Du moins, c'est ce qu'elle dit toujours quand je lui demande pourquoi papa et elle ne se sont pas mariés.

Personnellement, je pense que c'est parce que mon père ne le lui a jamais proposé.

Ce qui explique peut-être pourquoi elle m'a fait jurer de ne parler à personne de cette histoire de mariage. Elle veut l'annoncer elle-même à papa.

Toute cette excitation m'a donné mal à la tête.

Mardi 21 octobre, 2 heures du matin

C'est horrible ! Je viens de me rendre compte que si maman épouse Mr. Gianini, ça veut dire qu'il va vivre ici. Jamais ma mère n'acceptera d'aller à Brooklyn, où il habite. Elle dit que le métro accentue son aversion pour les cadres.

Non, ce n'est pas possible. Tous les matins, je vais devoir prendre mon petit déjeuner avec *mon prof de maths.*

Et si je tombe nez à nez avec lui et qu'il est nu ? Vous imaginez un peu le choc psychologique que ce serait ? Il y a de quoi détruire quelqu'un à vie.

J'ai intérêt à vérifier qu'on ait bien installé un loquet dans la salle de bains avant qu'il emménage.

En plus d'avoir mal à la tête, j'ai mal à la gorge maintenant.

Mardi 21 octobre, 9 heures du matin

Quand je me suis réveillée, ce matin, ma gorge était si irritée que je ne pouvais plus parler. Je pouvais juste vagir.

Du coup, j'ai vagi pendant un moment dans l'espoir que ma mère m'entende, puis j'ai tapé contre le mur. Mais tout ce que j'ai obtenu, c'est de décrocher mon poster de Greenpeace.

Finalement, je me suis levée et je me suis traînée jusqu'à la chambre de ma mère.

Où là, j'ai compté non pas une bosse dans le lit mais DEUX !!! Mr. Gianini a dormi ici !!!

Bon d'accord, il a déjà promis à ma mère de régulariser leur situation, mais quand même...

Avouez que c'est un peu gênant de débarquer dans la chambre de sa mère à 9 heures du matin et de trouver *son prof de maths* dans le lit avec elle. Il y a de quoi traumatiser n'importe qui.

Enfin. Comme pour rien au monde je ne serais entrée, je suis restée sur le seuil à geindre et ma mère a fini par ouvrir un œil. J'ai marmonné que j'étais malade et je lui ai expliqué qu'il fallait qu'elle appelle le lycée pour dire que je n'irais pas en cours aujourd'hui.

Je lui ai demandé aussi d'annuler la limousine et de prévenir Lilly que je ne passerais pas la prendre ce matin.

Et enfin, je lui ai dit que si elle allait travailler à son atelier, elle devait demander à papa ou à Lars (pas Grand-Mère, par pitié) de passer la journée avec moi ici afin de veiller à ce que personne ne profite de son absence ou de mon état de faiblesse pour me kidnapper ou m'assassiner.

Je crois qu'elle m'a comprise, mais ça n'a pas été facile.

Si vous voulez mon avis, ce n'est pas des vacances d'être princesse.

Mardi, plus tard

Ma mère n'est pas allée à son atelier aujourd'hui.

Pourtant, j'ai insisté. Elle expose dans un mois à la galerie Mary Boone et elle n'a fait que la moitié des toiles qu'elle est censée présenter. Si elle se met à avoir, en plus, des nausées le matin, elle peut dès à présent faire une croix sur sa carrière de peintre réaliste.

À mon avis, elle est restée à la maison parce qu'elle culpabilise. Je suis sûre qu'elle pense que c'est sa faute si je suis tombée malade. Comme si l'état de son utérus m'angoissait au point de ne plus avoir de défenses immunitaires.

N'importe quoi. Ce que j'ai, je l'ai attrapé à l'école, évidemment. Vu le nombre d'élèves qui respirent par la bouche, le lycée Albert-Einstein est une véritable boîte de Petri géante.

En attendant, toutes les dix minutes, elle vient me voir pour me demander si j'ai besoin de quelque chose. J'ai oublié de préciser que ma mère se prend pour Mère Teresa, parfois. Elle m'apporte du thé, des toasts à la cannelle. C'est assez agréable, je dois dire.

En revanche, je n'ai pas trop apprécié la pastille à base d'oxyde de zinc que j'ai dû laisser fondre sur ma langue. D'après une de ses amies, ça aide à combattre la grippe.

Ce qui est sûr, c'est que ça m'a donné un haut-le-cœur. Ma mère s'est sentie tellement mal quand elle a vu que j'étais sur le point de vomir qu'elle a couru jusqu'à l'épicerie et m'a remonté une barre de Crunch. Elle cherchait sans doute à se faire pardonner.

Elle a voulu ensuite me préparer des œufs et du bacon, histoire de me requinquer. À ce moment-là, j'ai dit STOP : ce n'est pas parce que je suis à l'article de la mort que je vais abandonner mes principes végétariens.

Ma mère vient de prendre ma température. J'ai 37°5. Si on vivait au Moyen Âge, je serais probablement morte.

Courbe de température :

11 h 45 : 37°3.
12 h 14 : 37°2.
13 h 27 : 37°.

Cet imbécile de thermomètre doit être cassé !

14 h 05 : 37°2.
15 h 35 : 37°2.

Avec un peu de chance, je vais échapper à l'interview, samedi.

YOUPI !!!

Mardi, encore plus tard

Lilly est passée m'apporter les devoirs. Elle dit que j'ai vraiment une sale tête et que je parle comme Linda Blair dans *L'Exorciste*. Je n'ai jamais vu *L'Exorciste*, du coup je ne sais pas si c'est vrai ou pas. Je n'aime pas les films où on voit la tête des gens pivoter sur elle-même ou bien des trucs sortir de leur ventre. Je préfère quand ils se transforment en prince charmant.

Sinon, Lilly m'a annoncé la grande nouvelle : Josh Richter et Lana Weinberger se sont réconciliés. Ça faisait quand même une semaine qu'ils ne se parlaient plus (un record pour l'un comme pour l'autre, puisque la dernière fois qu'ils ont cassé, ça a duré trois jours). Lilly m'a dit que lorsqu'elle était allée chercher mes livres dans mon casier, Lana attendait Josh – son casier est juste à côté du mien – en uniforme de pom-pom girl.

Quand Josh est arrivé, cinq minutes après, il a roulé une pelle à Lana. D'après Lilly, elle devait être de magnitude 4 au moins sur l'échelle de

Richter (le géophysicien, pas Josh, évidemment). En tout cas, le choc a été suffisamment fort pour faire trembler les murs et l'empêcher de refermer mon casier. Lilly a résolu le problème en faisant comme si elle ne s'était pas rendu compte que la pointe de son crayon à papier n° 2 s'enfonçait pile dans le dos de Josh. Il paraît que ça l'a arrêté net.

Je pensais dire à Lilly que moi aussi j'avais une grande nouvelle à lui annoncer. Je voulais parler de maman et Mr. Gianini. Après tout, elle finira bien par le voir, non ?

Mais, bizarrement, je n'ai pas pu. Peut-être que c'est à cause du virus qui a élu domicile dans mon corps. Ou parce que je savais que je ne supporterais pas les commentaires de Lilly sur la taille potentielle des narines du bébé à venir.

En attendant, j'ai une tonne de devoirs à faire. Même le père de mon futur petit frère ou de ma future petite sœur, qui pourrait tout de même avoir une once de sympathie à mon égard, n'y est pas allé de main morte. Vous voulez que je vous dise : il n'y a aucun avantage à ce qu'une mère sorte avec le prof de maths de son enfant. Aucun.

Bon d'accord. Sauf quand il vient dîner et qu'il m'aide à faire mes devoirs. Mais comme il ne me donne pas les réponses, je n'ai même pas la moyenne.

Et je suis vraiment malade, maintenant ! J'ai

37°6 ! Je suis sûre que j'aurai 38 la prochaine fois que je prendrai ma température.

Si on était dans un épisode d'*Urgences*, je serais déjà sous assistance respiratoire.

Vu mon état, Beverly Bellerieve ne pourra pas m'interviewer samedi. IMPOSSIBLE.

Hi ! hi !

Ma mère a branché son humidificateur au maximum. Lilly dit qu'elle a l'impression d'être au Viêtnam. Elle ne comprend pas POURQUOI je n'entrouvre pas la fenêtre.

Je n'y ai jamais songé jusqu'à ce jour, mais Lilly et Grand-Mère se ressemblent en fait beaucoup. Par exemple, quand Grand-Mère a appelé tout à l'heure et que je lui ai dit que j'étais malade et que je ne pourrais pas faire l'interview samedi, elle m'a *réprimandée.*

Oui. J'ai bien dit « réprimandée », comme si j'avais fait exprès de tomber malade. Elle m'a raconté que le jour de son mariage, elle avait 38°8. Est-ce que ça l'a empêchée de tenir debout pendant les deux heures qu'a duré la cérémonie, puis de faire le tour de Genovia dans une voiture décapotable en saluant la population, de manger ensuite du jambon fumé et du melon à la réception et de danser la valse jusqu'à 4 heures du matin ?

Non. Comme vous pouviez vous y attendre, ça ne l'a pas empêchée de faire tout cela.

Et pourquoi ? a continué Grand-Mère. Parce qu'une princesse ne profite pas de son état de santé pour échapper à ses devoirs envers son peuple.

Comme si les gens de Genovia s'intéressaient à une interview minable que je pourrais donner à *Twenty Four/Seven*. Ils ne doivent même pas capter cette émission chez eux. Sauf ceux qui ont une antenne parabolique, peut-être.

Eh bien, Lilly s'apitoie aussi peu sur mon sort que Grand-Mère. En fait, ce n'est pas du tout le genre de personne qui vous rassure quand vous êtes malade. Elle pense que j'ai peut-être la tuberculose, comme la poétesse anglaise Elizabeth Barrett Browning. Je lui ai dit que c'était sans doute une bronchite et elle m'a répondu que c'était probablement ce qu'Elizabeth Barrett Browning pensait avant de mourir.

Devoirs :

Maths : problèmes à la fin du chapitre X.

Anglais : inscrire dans son journal intime la liste des émissions de télé, des livres, des films, des plats, etc., qu'on préfère.

Histoire : écrire un texte de 100 mots sur le conflit entre l'Iran et l'Afghanistan.

Français : écrire un petit texte drôle (facile).

Biologie : le système endocrinien (demander les réponses à Kenny).

Mais qu'est-ce qu'ils veulent, bon sang ? Ma mort ?

Mercredi 22 octobre

Ce matin, ma mère a appelé mon père au *Plaza* pour qu'il m'accompagne en limousine chez le médecin. J'avais 38°8 au réveil, exactement comme Grand-Mère le jour de son mariage.

Personnellement, j'aurais été bien incapable de danser la valse. Je pouvais à peine m'habiller. J'étais d'ailleurs tellement fiévreuse que j'ai pris les premiers vêtements que j'ai trouvés, c'est-à-dire les habits que Grand-Mère m'a achetés. Résultat, j'étais en Chanel des pieds à la tête, avec les yeux brillants et le corps tout luisant de sueur. Je comprends pourquoi mon père a fait un bond en me voyant : l'espace d'une minute, il a dû me confondre avec Grand-Mère.

Sauf que je suis beaucoup plus grande qu'elle, malgré l'espèce de choucroute qui lui fait office de coiffure.

Je suis sûre que le Dr Fung ne savait pas que j'étais princesse quand on est arrivés, sinon il ne nous aurait pas fait attendre dix minutes dans sa salle d'attente. En tout cas, mon père, lui, n'a pas perdu son temps : il a passé les dix minutes à discuter avec la secrétaire. Tout ça parce qu'elle portait un haut très court qui laissait voir son nombril. Et on est en hiver.

Même si mon père est complètement chauve et qu'il ne porte que des costumes et non des joggings comme n'importe quel père, on voyait que la secrétaire était tout émoustillée. Il faut dire qu'avec son côté très européen, mon père a quelque chose de sexy.

Lars aussi a quelque chose de sexy, mais lui, ce serait plutôt dans la catégorie costaud poilu. Il a attendu, assis à côté de moi, et a lu *Allaiter aujourd'hui*. À mon avis, il aurait préféré *La Vie du soldat*. Mais les médecins ne doivent pas être abonnés à ce genre de publications.

Quand le Dr Fung nous a enfin reçus, il a pris ma température (j'avais 38°7) et m'a tâté le cou pour voir si j'avais des ganglions (j'en ai). Il a essayé ensuite de me faire un prélèvement de la gorge pour voir si j'avais des streptocoques.

Sauf que lorsqu'il m'a enfoncé son truc dans la bouche, ça m'a provoqué un haut-le-cœur et je me suis mise à tousser sans pouvoir m'arrêter. Entre deux quintes, j'ai quand même réussi à lui dire qu'il fallait que je boive un verre d'eau. Je devais délirer à cause de la fièvre parce que, au lieu de me retrouver dans les toilettes à boire au robinet, je me suis retrouvée dans la rue. Et là, j'ai demandé au chauffeur de la limousine de m'emmener boire un milk-shake à la banane.

Apparemment, le chauffeur devait savoir qu'il n'a pas le droit de me conduire dans un bar sans garde du corps. Il a hoché la tête et a appelé Lars sur son talkie-walkie. Lars est arrivé cinq minutes après, suivi de mon père, qui hurlait comme un malade en me demandant ce que je fabriquais là.

J'ai failli lui poser la même question et lui demander ce qu'IL fabriquait avec la secrétaire, mais j'avais trop mal à la gorge pour parler.

En tout cas, le Dr Fung a été super gentil après. Il a laissé tomber le prélèvement dans la gorge et s'est contenté de me prescrire des antiobiotiques et un sirop à la codéine contre la toux. Mais avant, il a tenu à ce que l'une de ses infirmières me prenne en photo en train de lui serrer la main devant la limousine. C'est pour son mur de photos de stars. Il paraît qu'il a déjà une photo où on le voit avec Lou Reed.

Maintenant que la fièvre a baissé, je me rends compte que j'ai vraiment fait n'importe quoi chez le Dr Fung. À se demander, même, si ce n'est pas l'un des moments les plus embarrassants de toute ma vie. Cela dit, il y en a eu tellement que c'est difficile de savoir si c'est le pire ou pas. À mon avis, celui-ci arrive ex aequo avec la fois où, à la bat mitsva de Lilly, j'ai renversé mon assiette en faisant la queue devant le buffet et où les invités ont marché dans de la truite farcie pendant toute la soirée.

Les cinq moments les plus embarrassants de la vie de Mia Thermopolis :

1. Quand Josh Richter m'a embrassée devant tout le monde à l'école.
2. À six ans, quand Grand-Mère m'a ordonné d'embrasser sa sœur, tante Jean-Marie, sur la joue et que je me suis mise à pleurer parce qu'elle avait de la moustache. Ça me faisait peur mais en même temps je ne voulais pas la vexer.
3. À sept ans, quand Grand-Mère m'a forcée à assister à un cocktail qu'elle organisait pour ses amis. Je m'ennuyais tellement que je me suis mise à jouer avec un porte-bouteilles en ivoire qui avait la forme d'un pousse-pousse. Je m'amusais à le faire rouler autour de la table basse en parlant comme les Chinois sauf qu'à un moment les bouteilles sont tombées et ont roulé par terre, et tout le monde m'a regardée. (Maintenant que j'y repense, ce qu'il y a d'encore plus gênant, c'est d'avoir imité l'accent

chinois. En plus d'être impoli, ce n'est pas du tout politiquement correct.)

4. À dix ans, quand Grand-Mère m'a emmenée chez mes cousins et qu'on est allés à la plage. J'avais oublié le haut de mon maillot de bain et Grand-Mère ne voulait pas que je retourne toute seule au château pour aller le chercher. Elle m'a dit qu'on était en France et que je pouvais me baigner en monokini. Mais même si je n'avais bien sûr pas plus à montrer que maintenant, j'avais tellement honte que j'ai gardé mon tee-shirt. Du coup, tout le monde me regardait. Je suis sûre que les gens pensaient que j'avais des boutons, une malformation congénitale ou le fœtus tout racorni de mon jumeau siamois qui pendait dans mon dos.

5. À douze ans, quand j'ai eu mes règles pour la première fois. J'étais chez Grand-Mère et je n'ai pas pu faire autrement que le lui dire parce que je n'avais pas de serviettes hygiéniques. Au moment d'entrer dans la salle à manger pour dîner, je l'ai surprise en train de raconter ce qui m'arrivait à ses amies. Toute la soirée, elles n'ont rien trouvé de mieux que plaisanter sur cette merveille de la féminité.

Tiens, tiens. En me relisant, je viens de me rendre compte que Grand-Mère était présente presque chaque fois. Je me demande ce que les parents de Lilly en penseraient. Eux qui sont psychanalystes.

Courbe de température :

17 h 20 : 37°3.
18 h 45 : 37°2.
19 h 52 : 37°1.

Est-il possible que j'aille *déjà* mieux ? C'est affreux. Si je vais mieux, je serai obligée de rencontrer Beverly Bellerieve.

Il est temps de prendre des mesures radicales : ce soir, après ma douche, j'ouvrirai la fenêtre de ma chambre et je m'installerai devant, les cheveux mouillés.

Non mais !

Jeudi 23 octobre

Il s'est passé quelque chose d'incroyable. Je suis tellement excitée que j'ai du mal à écrire.

Ce matin, alors que j'étais encore au lit, ma mère m'a apporté une lettre en me disant qu'elle était arrivée hier mais qu'elle avait oublié de me la donner.

Attention, il ne s'agit pas de la facture de téléphone ou d'électricité que ma mère oublie. De toute façon, celles-là, ma mère ne les voit même pas. Non. C'était une lettre POUR MOI.

Comme l'adresse était tapée à l'ordinateur, j'ai pensé que la lettre venait de l'école. On m'annonçait peut-être que j'avais obtenu les félicitations (HA ! HA !). Sauf qu'il n'y avait pas d'expéditeur et, normalement, le courrier d'Albert-Einstein porte toujours dans le coin à gauche le médaillon d'Albert, l'air songeur, avec l'adresse du lycée en dessous.

Imaginez donc ma surprise quand je l'ai ouverte et que je n'ai trouvé aucun prospectus me demandant de participer à une collecte au profit de l'équipe d'aviron ou du club de théâtre, mais ce qui, en l'absence de terme adéquat, m'a tout l'air d'être... une lettre d'amour.

En voici le contenu :

Chère Mia,

Je sais que tu vas trouver cette lettre bizarre. Moi-même, je me sens bizarre. Mais je suis trop timide pour te dire de vive voix ce que je voudrais te dire : tu es la fille la plus Sailor Moon que j'ai jamais rencontrée.

Je voulais aussi que tu saches qu'il y a

quelqu'un qui t'appréciait, bien avant de découvrir que tu étais princesse.

Et qui continuera de t'apprécier, quoi qu'il arrive.

Cordialement,
Un ami.

Je n'en revenais pas. C'était quand même la première fois que je recevais une lettre pareille ! J'ai eu beau me creuser la cervelle pour deviner qui pouvait l'avoir écrite, je n'ai pas trouvé. En plus, elle était tapée à l'ordinateur, tout comme l'adresse sur l'enveloppe. Résultat, même si je comparais la frappe avec l'ordinateur de quelqu'un, disons, que je soupçonnais (comme Jan dans *The Brady Bunch* quand elle soupçonne Alice de lui avoir envoyé le médaillon), je n'aurais pas été plus avancée. Ça ne sert à rien de comparer les polices de deux imprimantes laser ! C'est toujours les mêmes !

Résultat, je suis incapable de dire qui m'a envoyé cette lettre.

En revanche, qui j'aimerais que ce soit, ça je peux.

Sauf que ça m'étonnerait qu'un jour Michael Moscovitz m'apprécie plus que comme une copine. Autant regarder la vérité en face. S'il m'aimait un petit peu, il me l'aurait fait comprendre le soir du bal du lycée, quand il m'a invitée à danser après que Josh Richter s'est si mal comporté avec moi. C'était même l'occasion rêvée. Surtout qu'on n'a pas dansé ensemble qu'une fois. Et qu'à chaque fois, c'était un slow, en plus. Il aurait pu en profiter aussi, après le bal, quand on est tous allés finir la soirée chez les Moscovitz et qu'il m'a proposé de me montrer sa chambre.

Mais il n'a rien dit. Rien, en tout cas, concernant de près ou de loin l'attirance qu'il pourrait éprouver pour moi.

Mais pourquoi en serait-il autrement, hein ? Je suis une vraie mutante atteinte de gigantisme, dénuée de glandes mammaires et dotée de cheveux rebelles à tout style de coiffure.

On vient d'étudier ce genre d'individus en biologie. Ça s'appelle des exotypes. On parle d'exotype quand un organisme possède un ou plusieurs caractères héréditaires différents de ceux des parents, résultant d'une mutation.

Voilà, c'est moi. C'est moi tout craché. Regardez-moi, regardez ensuite mes parents, qui sont l'un et l'autre très séduisants, et vous comprendrez.

Je parle sérieusement. Je suis une mutante, je vous dis.

Pour en revenir à Michael Moscovitz, ça ne lui ressemble pas de me comparer à Sailor Moon. Je suis prête à parier qu'il n'a jamais vu le manga. Il ne regardait même pas *Ça cartoon* quand il était petit.

Michael ne regarde que PBS, la chaîne de science-fiction et *Buffy contre les vampires.* Si l'auteur de la lettre m'avait comparée à Sarah Michelle Gellar, je ne dis pas...

Mais s'il ne s'agit pas de Michael, qui ça peut bien être ?

C'est tellement excitant ! Il faut que j'appelle quelqu'un. Mais qui ? Tout le monde est à l'école.

POURQUOI FAUT-IL QUE JE SOIS MALADE ?

Je vais laisser tomber l'idée de m'installer devant la fenêtre les cheveux mouillés. Je dois être rétablie le plus vite possible pour retourner à l'école et découvrir l'identité de mon admirateur secret.

Courbe de température :

10 h 45 : 37°3.
11 h 15 : 37°2.
12 h 27 : 37°.

Oui ! OUI ! Je ne suis plus malade ! Merci, Selman Waksman, d'avoir inventé les antibiotiques.

14 h 05 : 37°1.

Non ! Oh, non !

15 h 35 : 37°2.

Qu'est-ce qui m'arrive ?

Jeudi, plus tard

Cet après-midi, pendant que j'attendais que les poches de glace que j'avais glissées sous ma couette pour faire tomber la fièvre fassent effet, j'ai regardé un épisode d'*Alerte à Malibu.*

Je tiens à dire que c'est le meilleur que j'aie jamais vu.

Voilà en gros de quoi il s'agit : au cours d'une régate, Mitch rencontre une fille qui parle avec un drôle d'accent français et tombe fou amoureux d'elle. Il lui propose de participer à la course avec lui, et on les voit se battre tous les deux contre les vagues. La bande-son est géniale à ce moment-là. Très vite, on découvre que la fille est en fait fiancée au concurrent de Mitch dans la régate et qu'elle est en plus *la princesse d'un petit pays européen dont Mitch n'a jamais entendu parler.* Son fiancé est un prince à qui son père l'a promise à sa naissance !

Lilly est arrivée en plein milieu de l'épisode pour m'apporter les devoirs. On a regardé ensemble la fin, mais Lilly est complètement passée à côté de la portée philosophique de l'histoire. Tout ce qu'elle a trouvé à dire, c'est : « Princesse ou pas, cette fille devrait se faire épiler les sourcils. »

J'étais atterrée.

« Lilly, je lui ai dit, ne vois-tu pas que cet épisode de *Alerte à Malibu* est prophétique ? Qui sait si je n'ai pas été promise dès ma naissance à un prince et que mon père ne m'en a pas encore parlé ? Je pourrais tomber raide amoureuse d'un garde-côte, ça ne servirait à rien puisque je serais obligée d'accomplir mon devoir et d'épouser l'homme que mon peuple a choisi pour moi ! »

Lilly m'a alors demandé : « Combien de fois tu as pris du sirop aujourd'hui ? C'est une cuillère à café toutes les quatre heures, pas une cuillère à soupe ! »

Ça m'a énervée que Lilly ne comprenne pas où je voulais en venir. En plus, je ne pouvais pas lui parler de la lettre. Parce que si c'est Michael qui l'a écrite, je ne voudrais pas qu'il pense que je l'ai raconté à tout le monde. Les lettres d'amour, c'est privé.

Lilly aurait pu faire un effort pour se mettre à *ma* place tout de même !

« Tu ne comprends vraiment pas ? j'ai insisté. À quoi bon aimer quelqu'un si mon père a arrangé mon mariage avec un prince que je ne connais pas ? Je ne sais pas, moi, ça pourrait un type de Dubai qui passerait ses journées à contempler mon portrait en attendant le jour de me faire sienne ? »

Lilly m'a répondu que je ferais mieux de cesser de lire les romans d'amour que me prête Tina Hakim Baba. C'est vrai qu'ils m'ont pas mal inspirée. Mais ce n'est pas une raison.

« Sérieusement, Lilly, j'ai continué. Il va falloir que je prenne garde à ne pas tomber amoureuse de quelqu'un comme David Hasselhoff ou ton frère, parce que je vais peut-être finir par épouser le prince William. » Cela dit, ce ne serait pas un si gros sacrifice.

Lilly s'est levée d'un bond et est allée dans le salon. Il n'y avait que mon père à la maison, à ce moment-là. Curieusement, quand il est passé prendre de mes nouvelles, ma mère s'est brusquement rappelé un rendez-vous et s'est sauvée.

Je sais bien qu'elle n'avait pas de rendez-vous. C'est juste qu'elle ne lui a toujours pas annoncé pour Mr. G et elle, et pour le bébé. À mon avis, elle a peur qu'il se mette en colère et qu'il lui reproche d'être irresponsable (ce que je l'imagine très bien faire).

Du coup, dès qu'elle croise mon père, elle fuit. Ça pourrait presque être drôle dans un sens, si ce n'était pas triste, finalement, de se comporter comme ça à trente-six ans. Moi, quand j'aurai trente-six ans, je m'autoréaliserai tellement bien que mon comportement n'aura rien à voir avec celui de ma mère.

Quand Lilly est arrivée dans le salon, je l'ai entendue qui disait à mon père : « Monsieur Renaldo... » C'est comme ça qu'elle l'appelle, même si elle sait très bien qu'il est prince. Mais Lilly s'en fiche. Elle dit qu'on est en Amérique et qu'il est hors de question qu'elle appelle qui que ce soit « Votre Majesté ». Lilly est fondamentalement opposée à toute forme de monarchie – et Genovia, comme toute principauté, est gouvernée par un prince. Pour Lilly, la souveraineté doit résider entre les mains du peuple.

Bref, je l'ai entendue dire : « Monsieur Renaldo, est-ce que Mia est secrètement promise à un prince ? »

Mon père a répondu : « Bien sûr que non. »

Lilly est revenue dans ma chambre et a dit : « Ma pauvre fille, je me demande dans quel monde tu vis, parfois. Mais si je peux comprendre pourquoi tu as tout intérêt à ne pas tomber amoureuse de David Hasselhoff, qui, soit dit en passant, pourrait être ton père, qu'est-ce que mon frère a à voir là-dedans ? »

Zut. Je me suis rendu compte de ma gaffe trop tard. Lilly n'a aucune idée de ce que j'éprouve pour son frère. Pour tout dire, je ne sais pas trop non plus ce que j'éprouve pour lui. Sauf qu'il ressemble à Casper Van Dien sans sa chemise.

J'aimerais tellement qu'il soit l'auteur de cette lettre. Oh, si seulement ça pouvait être lui !

Mais Lilly peut toujours courir pour que je lui en parle.

Du coup, j'ai répondu que ce n'était vraiment pas sympa de sa part de me demander des explications pour quelque chose que j'avais dit sous l'influence d'un sirop à la codéine.

Lilly m'a regardée et elle a fait la même tête que lorsqu'un prof pose une question et qu'elle connaît la réponse mais ne répond pas pour laisser une chance à un autre élève de répondre.

Moi, je vous le dis : c'est super épuisant parfois d'avoir pour meilleure amie une fille dont le Q.I. est de 170.

Devoirs :

Maths : problèmes 1 à 20, p. 115.

Anglais : chapitre IV en entier.

Histoire : écrire un texte de 200 mots sur le conflit entre l'Inde et le Pakistan.

Français : chapitre VIII.

Biologie : glande pituitaire (demander à Kenny !).

S'est-elle fait refaire les seins ?
Par Lilly Moscovitz et Mia Thermopolis

STARS	Lilly	Mia
Britney Spears	Oui	Non
Lindsay Lohan	Oui	Non
Angelina Jolie	Oui	Non
Gwen Stefani	Oui	Oui
Jennifer Aniston	Oui	Non
Paris Hilton	Oui	Oui
Beyoncé	Oui	Non
Scarlett Johansson	Oui	Non
Sarah Michelle Gellar	Non	Non
Christina Aguilera	Oui	Non
Sienna Miller	Non	Non
Ashlee Simpson	Oui	Non
Mariah Carey	Oui	Oui

Jeudi, encore plus tard

Après dîner, comme je me sentais mieux, je me suis levée et je suis allée consulter mes mails. J'espérais en avoir reçu de mon mystérieux « ami ». Puisqu'il connaissait mon adresse postale, j'ai pensé qu'il devait connaître aussi mon adresse électronique. Elles sont toutes les deux dans l'annuaire du lycée.

J'avais reçu un mail de Tina Hakim Baba qui me souhaitait un prompt rétablissement. Et de Shameeka. Shameeka me racontait aussi qu'elle essayait de convaincre son père d'accepter qu'elle fasse une fête pour Halloween. Elle voulait savoir si je viendrais au cas où ça marcherait. Je lui ai répondu que oui, sauf si j'étais trop fatiguée évidemment.

Il y avait également un message de Michael qui me souhaitait, lui aussi, un prompt rétablissement. Sauf que c'était un message animé, avec un petit chat qui danse. On dirait Fat Louie quand il fait des bonds pour m'accueillir. C'était super mignon. Michael avait signé : « Michael » et ajouté : « Je t'embrasse. »

Il n'a pas mis « Cordialement » ni « Amitiés ».

Il a écrit : « Je t'embrasse. »

Je l'ai relu quatre fois de suite, mais je ne sais toujours pas si Michael est l'auteur de la lettre ou pas. Dans la lettre, à la fin, il n'y avait pas écrit « Je t'embrasse », mais « Cordialement ».

J'ai vu après que j'avais reçu un message de quelqu'un dont je ne reconnaissais pas l'adresse électronique. Bien sûr, j'ai tout de suite pensé qu'il pouvait peut-être s'agir de mon admirateur anonyme. Mes doigts tremblaient quand j'ai appuyé sur la souris...

J'ai ouvert le document et voilà ce que j'ai lu :

Jo Crox : Juste un petit mot pour prendre de tes nouvelles. Tu m'as manqué à l'école aujourd'hui ! As-tu reçu ma lettre ? J'espère que ça t'a fait plaisir de savoir qu'il existait au moins quelqu'un qui pensait à toi. Guéris vite.
Ton ami.

C'est lui ! C'est mon admirateur anonyme !

Mais qui est Jo Crox ? Je ne connais pas de Jo Crox. S'il dit que je lui ai manqué aujourd'hui, c'est qu'il est peut-être dans ma classe. Mais il n'y a pas de Jo dans ma classe.

À moins que Jo Crox ne soit pas son vrai nom.

S'il ne s'appelle pas Jo Crox, comment s'appelle-t-il, alors ?

Je n'avais qu'une solution pour le savoir : le lui demander. Et c'est ce que j'ai fait.

FtLouie : Cher ami. J'ai bien reçu ta lettre. Merci beaucoup. Merci aussi pour tes vœux de bon rétablissement. QUI ES-TU ? (Je te jure que je ne le répèterai à personne.)
Mia.

J'ai attendu au moins une demi-heure, mais il ne m'a pas répondu.

QUI EST-CE ??? QUI EST-CE ???

Il faut absolument que je sois guérie demain si je veux retourner à l'école et découvrir qui se cache sous le nom de Jo Crox. Sinon, je vais devenir folle, comme la petite amie de Mel Gibson dans *Hamlet*, et on retrouvera mon corps, habillé de ma longue chemise de nuit blanche, flottant à la surface de l'Hudson.

Vendredi 24 octobre, pendant le cours de maths

JE VAIS MIEUX !

Enfin, pas tant que ça, mais je m'en fiche. Comme je n'ai plus de fièvre, ma mère n'a pas pu faire autrement que m'envoyer à l'école. De toute façon, il était hors de question que je reste au lit un jour de plus avec Jo Crox qui se trouve peut-être dans ma classe et qui m'aime.

En tout cas, il ne s'est toujours pas manifesté. Lars a fait un détour pour passer prendre Lilly en limousine, ce matin, comme tous les matins. Michael attendait avec elle. Mais rien qu'à la façon dont il m'a dit « Salut », je me suis demandé s'il m'avait bien envoyé une carte de bon rétablissement ou si je n'avais pas rêvé. Sans parler du fait qu'il avait écrit : « Je t'embrasse. »

Michael n'est évidemment pas Jo Crox. Et le « Je t'embrasse » à la fin de son mail n'est qu'une formule d'usage. Quand il écrit « Je t'embrasse », ça ne veut pas dire qu'il m'embrasse vraiment, c'est juste une expression.

En même temps, il m'a accompagnée jusqu'à mon casier, ce qui était très gentil de sa part. D'accord, on était en plein milieu d'une discussion sur le dernier épisode de *Buffy contre les vampires*, mais bon. Jamais un garçon ne m'a accompagnée jusqu'à mon casier. Tous les matins, Boris Pelkowski attend Lilly devant le lycée et il l'accompagne ensuite jusqu'à son casier. Depuis que Lilly lui a dit qu'elle voulait bien sortir avec lui, il n'a pas manqué un seul matin.

Cela dit, Boris Pelkowski craint un max. Il continue de rentrer son pull dans son pantalon malgré toutes les insinuations que j'ai pu faire comme quoi, en Amérique, c'est considéré comme anti-glamour. Mais bon, c'est un garçon et ça fait toujours bien de se faire accompagner par un garçon – même s'il a un appareil. Je sais bien que Lars m'accompagne jusqu'à mon casier, mais ce n'est pas pareil, parce que Lars est mon garde du corps. Ce n'est pas un *garçon*.

Je viens de remarquer que Lana Weinberger avait de nouveaux protège-cahiers. Je suppose qu'elle a dû jeter les anciens. Sur chacun d'eux, elle avait écrit « *Mrs. Josh Richter* » – mention qu'elle avait rayée quand Josh et elle ont cassé. Ils se sont remis ensemble. Je suis sûre qu'elle ne va pas tarder à réinscrire son nom d'« épouse » sur ses livres et ses cahiers. Elle a déjà écrit trois fois « *J'aime Josh* » et sept fois « *Mrs. Josh Richter* » sur son agenda.

Avant le cours, elle racontait à tous ceux qui voulaient bien l'écouter qu'elle allait à une fête, ce soir. Il va sans dire que personne n'est invité dans la classe. C'est un copain de Josh qui l'organise.

Je n'ai jamais été à ce genre de fêtes, mais je suis sûre que ça se passe comme dans les films sur les ados, quand les parents d'un garçon ou d'une fille partent en week-end et que toute l'école rapplique avec des bières et met à sac la maison.

De toute façon, je ne connais personne qui vit dans une maison. Tous mes amis vivent en appartement. Si des jeunes mettaient à sac un appartement, je parie que les voisins se plaindraient. À tous les coups, le syndic de l'immeuble s'en mêlerait.

Ça m'étonnerait que Lana ait réfléchi à ce genre de chose.

La puissance 3 de x est appelée le cube de x.
La puissance 2 de x est appelée le carré de x.

Ode à la vue que j'ai depuis la salle de maths

Bancs en béton chauffés par le soleil,
tables sur lesquelles des échiquiers sont
  gravés
et tags bombés à la peinture
par des centaines d'élèves avant nous :

Joanne aime Richie
Les punks au pouvoir
À bas les gays et les lesbos
Amber est une pute

Les feuilles mortes et les sacs en plastique
sont emportés par le vent
et les hommes d'affaires en costume
tentent de plaquer leurs cheveux
sur leur crâne rose et chauve.
Des mégots de cigarette et des chewing-gums
  mâchés
jonchent le trottoir gris.

Et je me demande
quelle importance
que ce ne soit pas une fonction linéaire.
Puisqu'on finira tous par mourir un jour.

Vendredi 24 octobre,
pendant le cours d'histoire

Liste des cinq principaux types de gouvernement :

Anarchie
Monarchie
Aristocratie
Oligarchie
Démocratie

Liste des cinq garçons qui pourraient être Jo Crox :

Michael Moscovitz (j'aimerais tellement).
Boris Pelkowski (surtout pas, S.V.P.).
Mr. Gianini (si c'est pour me remonter le moral, c'est raté).

Mon père (idem).

Ce garçon bizarre que je croise parfois au réfectoire et qui fait un scandale chaque fois qu'il y a du maïs dans le chili (surtout pas, S.V.P.).

AAAAAAAAAAAHHHHHHHHHHHHH!!!

Vendredi 24 octobre, pendant l'étude dirigée

Pendant mon absence, Boris a commencé à travailler un nouveau morceau de violon. Il le joue en ce moment. C'est un concerto d'un type qui s'appelle Bartók.

Il porte bien son nom, celui-là ! Elle est complètement toc toc, sa musique. On a enfermé Boris dans le placard mais ça ne sert à rien. On ne peut même pas s'entendre penser. Michael a dû aller à l'infirmerie pour demander de l'aspirine.

Mais avant qu'il sorte, j'ai essayé d'orienter la conversation sur le courrier électronique. L'air de rien.

Juste au cas où.

Lilly parlait de son émission de télé, *Lilly ne mâche pas ses mots*, et je lui ai demandé si elle recevait beaucoup de mails de ses fans – l'un de ses plus fervents admirateurs, un certain Norman, n'arrête pas de lui envoyer des cadeaux en lui en promettant d'autres si elle montre ses pieds à l'antenne : Norman est fétichiste du pied.

J'ai alors raconté que j'avais reçu un mail *bizarre* et j'ai jeté en même temps un coup d'œil à Michael, mais hyper vite, pour voir comment il réagissait.

Il n'a même pas levé les yeux de son cahier.

Il vient de revenir de l'infirmerie. L'infirmière a refusé de lui donner de l'aspirine sous prétexte que le règlement de l'école interdit la consommation de drogues au sein de l'établissement. Je lui ai passé un peu de mon sirop à la codéine. Michael m'a dit que ça l'avait soulagé immédiatement.

Il se peut aussi qu'il n'ait plus mal à la tête parce qu'on a dû libérer Boris du placard après qu'il a renversé un pot de peinture avec son archet.

À faire de toute urgence :

1. Cesser de penser autant à Jo Crox.
2. Idem pour Michael Moscovitz.
3. Idem pour ma mère et ses fonctions reproductrices.
4. Idem pour l'interview avec Beverly Bellerieve.
5. Idem pour Grand-Mère.
6. Être plus sûre de moi.
7. Arrêter de me ronger les ongles.
8. M'autoréaliser.

9. Écouter plus en maths.
10. Laver mon short de gym.

Vendredi, plus tard

Quelle histoire ! Gupta, la principale, a découvert que j'avais donné de mon sirop à la codéine à Michael. J'ai été convoquée dans son bureau pendant le cours de bio pour que je m'explique sur le trafic de substances pharmacologiques auquel je me livrais dans l'enceinte de l'école.

J'ai bien cru que j'allais être renvoyée.

J'ai eu beau lui parler de Bartók et du fait que Michael n'avait pas pu obtenir d'aspirine à l'infirmerie, la principale n'a pas été cool du tout. Même quand je lui ai fait remarquer que des tas d'élèves ne se gênaient pas pour fumer devant l'école, lui rapportant qu'ils n'étaient pas convoqués, eux, quand ils tapaient des clopes à d'autres.

Et je lui ai demandé ce qu'elle faisait des pom-pom girls et de leur Dexatrim de régime.

Elle m'a répondu que les cigarettes et le Dexatrim n'étaient pas des narcotiques. Elle m'a confisqué mon sirop à la codéine et m'a dit qu'elle me le rendrait à la fin de la journée. Elle m'a aussi demandé de ne pas le rapporter au lycée lundi.

Elle n'a pas de souci à se faire pour ça. Je me sens

tellement mal que j'envisage très sérieusement de ne plus jamais remettre les pieds au bahut, lundi ou pas lundi.

Je ne vois pas pourquoi je ne pourrais pas prendre des cours par correspondance, comme les frères Hanson. Ça leur a plutôt bien réussi, non ?

Devoirs :

Maths : problèmes p. 129.

Anglais : raconter un moment fort de votre vie qui vous a bouleversé.

Histoire : écrire un texte de 200 mots sur la montée au pouvoir des talibans en Afghanistan.

Français : notes grammaticales 141-143.

Bio : le système nerveux central.

Journal pour Mrs. Spears

Ce que je préfère

Nourriture :

Les lasagnes végétariennes.

Film :

Mon film préféré s'appelle *Dirty Dancing*. Je l'ai vu pour la première fois à la télé, à douze ans, et depuis, c'est toujours le film que je préfère malgré les efforts de mes amis et de ma famille pour m'initier aux « classiques » du septième art.

Franchement, je pense que *Dirty Dancing*, avec Patrick Swayze et Jennifer Grey avant qu'elle se fasse refaire le nez, a tout ce que des films comme *À bout de souffle* et *September*, réalisés par de soi-disant « auteurs », n'ont pas. Par exemple, *Dirty Dancing* se passe dans un village de vacances. J'ai remarqué que les films qui se passaient dans des villages de vacances (comme *Cocktail* et *Aspen Extreme*) étaient mieux que les autres. Et puis, dans *Dirty Dancing*, les acteurs dansent. C'est toujours bien quand il y a des scènes de danse dans un film. Prenez *Le Patient anglais*, qui a reçu plusieurs oscars. Je suis sûre que le film aurait été nettement mieux s'il y avait eu quelques scènes de danse.

Série télé :

Ma série préférée, c'est *Alerte à Malibu*. Je sais que des tas de gens pensent que c'est nul et sexiste, mais ce n'est pas vrai. Les garçons sont en tenue aussi légère que les filles et, dans les derniers épisodes du moins, c'est une femme qui se trouve à la tête de l'équipe des surveillants de plage. En vérité, *Alerte à Malibu* est ma série préférée pour une raison bien simple : chaque fois que je regarde un épisode, je me sens heureuse. Parce que, quel que soit le pétrin dans lequel se met Hobbie, comme se retrouver nez à nez avec une anguille électrique géante ou avec des trafiquants qui passent des émeraudes en contrebande, Mitch le sort de là. En plus, la bande-son est excellente et certaines images de l'océan sont à vous couper le souffle. J'aimerais qu'il y ait un Mitch dans ma vie qui règle tous mes problèmes à la fin de chaque journée. Et j'aimerais bien aussi avoir des seins aussi gros que ceux de Carmen Electra.

Livre :

Mon livre préféré s'intitule : *Q.I. 83*. Il a été écrit par Arthur Herzog, l'auteur du best-seller *L'Inévitable catastrophe*. *Q.I. 83* raconte l'histoire d'un groupe de médecins qui, après s'être amusés avec l'A.D.N., provoquent sans le vouloir un accident qui fait baisser le Q.I. de toute l'humanité au point que les gens deviennent complètement débiles. Sérieux ! Même le président des États-Unis est débile. À la fin du livre, on le voit radoter comme un vieux pépé ! Le Dr James Healy a pour mission d'empêcher que le pays ne se retrouve peuplé de tarés obèses qui passent leur journée à regarder Jerry Springer à la télé en mangeant des chips. Ce roman n'a jamais reçu l'attention qu'il méritait. Dire qu'on ne l'a même pas adapté au cinéma !

Vendredi, encore plus tard

Qu'est-ce que je vais bien pouvoir mettre dans ce fichu journal ? *Décrivez un moment fort de votre vie qui vous a bouleversé.* Elle a en a de bonnes, Mrs. Spears. Est-ce qu'elle veut que je raconte la fois où, en entrant dans la cuisine, je suis tombée nez à nez avec mon prof de maths en caleçon ? Pour un moment fort, on peut dire que c'était un moment fort, même si je n'étais pas particulièrement bouleversée.

Où est-ce que je devrais plutôt parler du jour où mon père m'a annoncé que j'étais l'héritière du trône de la principauté de Genovia ? Ça aussi, c'était un moment fort. Mais si j'ai beaucoup pleuré, ce n'était certainement pas parce que j'étais bouleversée. J'étais folle de rage, oui, que personne ne m'en ait parlé avant. Je veux bien comprendre que ça pouvait être gênant pour mon père d'avouer à son peuple qu'il avait une fille bâtarde, mais me le cacher pendant quatorze ans ? Bonjour le déni.

Mon partenaire de bio, Kenny, qui a aussi Mrs. Spears en anglais, m'a dit qu'il allait raconter le voyage en Inde qu'il a fait l'été dernier avec ses parents. Il a attrapé le choléra et a failli mourir. Alors qu'il était couché dans son lit d'hôpital, à des milliers de kilomètres de chez lui, il a brusquement pris conscience du fait qu'on n'était sur Terre que pour un temps très court et qu'il était capital de vivre chaque instant comme s'il s'agissait du dernier. C'est pourquoi Kenny a décidé de consacrer sa vie à trouver un remède contre le cancer et à promouvoir les dessins animés japonais.

Je suis en train de me rendre compte que ce qu'il y a eu de vraiment profond dans ma vie jusqu'à présent, c'est l'absence totale de profondeur.

Jefferson Market
Produits frais garantis
Livraison à domicile gratuite

Commande n° 2 764

1 boîte de lait de soja
1 boîte de germes de blé
1 gros pain complet
1 livre de raisins
12 oranges
5 à 6 bananes
1 paquet de levure
1 litre de lait écrémé
1 litre de jus d'orange (non concentré)
1 livre de beurre
12 œufs
1 sachet de graines de tournesol non salées
1 boîte de corn-flakes
Cotons-tiges

Adresse :
Mia Thermopolis, 1005 Thompson Street, n° 4A

Samedi 25 octobre, 2 heures de l'après-midi, dans la suite de Grand-Mère

L'interview n'a pas encore commencé. En plus d'avoir mal à la gorge, j'ai envie de vomir. Peut-être que ma bronchite s'est transformée en grippe. Ou peut-être que les boulettes de pois chiches du falafel que j'ai mangé hier soir étaient pourries ?

À moins que ce soit le trac, tout simplement. Cette interview va quand même être diffusée auprès de 22 millions de foyers lundi soir.

Cela dit, j'ai du mal à croire que 22 millions de familles trouvent un intérêt quelconque à ce que je pourrais bien dire.

J'ai lu que, pour son interview, le prince William avait reçu les questions une semaine avant, afin d'avoir le temps de réfléchir à des réponses pertinentes et incisives.

Apparemment, les responsables de la chaîne estiment que ce n'est pas nécessaire avec les membres de la famille royale de Genovia. De toute façon, même si on m'avait donné les questions il y a une semaine, je ne suis pas sûre que j'aurais pu pour autant y répondre de manière pertinente et incisive. De manière pertinente peut-être, mais incisive, certainement pas.

Bref, je suis coincée ici et j'ai de plus en plus envie de vomir. J'aimerais tellement que ce soit déjà fini ! L'interview aurait dû commencer il y a deux heures. Mais Grand-Mère n'aimait pas comment la « technicienne cosmétique » (autrement dit, la maquilleuse) m'a maquillé les yeux. Elle trouve que je ressemble à une *cocotte*. Cocotte, en français, a plusieurs sens. On l'emploie pour parler des femmes de mœurs légères, c'est-à-dire les prostituées, ou bien pour dire « poule » en langage enfantin. Mais quand Grand-Mère l'emploie, c'est toujours pour parler des prostituées.

Pourquoi est-ce que je n'ai pas une grand-mère normale qui me ferait des gâteaux au chocolat et qui me trouverait tout le temps merveilleuse ? Comme la grand-mère de Lilly. Jamais la grand-mère de Lilly n'a employé le mot « prostituée », même en yiddish. Je le sais de source sûre.

À cause de Grand-Mère, la maquilleuse a dû descendre à la boutique de l'hôtel pour trouver de l'ombre à paupières bleue. Grand-Mère ne veut que du bleu. Elle dit que ça va avec la couleur de mes yeux. Sauf que j'ai les yeux gris. Je me demande si Grand-Mère est daltonienne.

Ce qui expliquerait beaucoup de choses.

J'ai rencontré Beverly Bellerieve. Elle a l'air à peu

près humaine, c'est déjà ça. Par exemple, elle m'a dit que si elle me posait une question un peu trop indiscrète ou qui me gêne, il ne fallait surtout pas que j'hésite à ne pas répondre. Sympa, non ?

En plus, elle est super belle. Si vous voyiez mon père ! Je parie que Beverly Bellerieve sera sa prochaine petite amie. Elle est nettement mieux que les femmes avec lesquelles il traîne d'habitude. Et son cerveau a l'air de fonctionner à plein régime.

Dans la mesure où cette Beverly Bellerieve se révèle finalement être sympa, on pourrait se demander pourquoi je suis aussi nerveuse, hein ?

En fait, je ne suis pas sûre que ce soit seulement à cause de l'interview. Je crois que c'est plutôt à cause de ce que mon père m'a dit quand je suis arrivée. C'était la première fois que je le revoyais depuis que j'avais été malade et qu'il était venu me garder à la maison. Bref, après avoir pris de mes nouvelles, il a attaqué : « Est-ce que ton prof de maths... »

J'ai pensé qu'il allait me demander si Mr. Gianini nous enseignait les nombres entiers. PAS DU TOUT. Ce qu'il voulait savoir, c'est si Mr. Gianini vivait avec nous.

J'étais tellement choquée que je n'ai pas su quoi répondre. Bien sûr que Mr. Gianini ne vit pas avec maman et moi. Enfin, pas vraiment.

Mais il vivra avec nous un jour, ça c'est sûr. Et plus tôt qu'on le pense.

Du coup, j'ai répondu : « Euh... non. »

Mon père a eu l'air hyper soulagé ! Sérieux. Il a eu l'air *soulagé* !

Quelle tête il va faire quand il découvrira la vérité ?

Résultat, au lieu de me préparer mentalement au fait que je vais être interviewée par une star du petit écran, je ne pense qu'à une seule chose : à la réaction de mon pauvre papounet quand il apprendra que maman a l'intention d'épouser mon prof de maths et qu'en plus, elle est enceinte de lui. Je ne crois pas qu'il soit encore amoureux d'elle, non. C'est juste que ses perpétuelles aventures chroniques traduisent manifestement, comme Lilly me l'a fait remarquer, un sérieux problème d'engagement.

Cela dit, quand on a une mère comme Grand-Mère, on peut facilement comprendre pourquoi.

Je crois en fait que mon père adorerait vivre ce que maman vit avec Mr. G. Qui sait comment il va réagir à l'annonce de leur mariage ? Et s'il se mettait à flipper ? Et s'il me demandait de venir vivre avec lui à Genovia pour le soutenir dans son chagrin ?

Bien sûr, je serais obligée de dire oui, parce que c'est mon papounet et que je l'aime.

Sauf que je n'ai pas du tout envie d'aller vivre à Genovia. Je ne supporterais jamais de ne plus voir Lilly, Tina Hakim Baba et les autres. Et Fat Louie ? Est-ce que j'aurais le droit de le garder avec moi ? C'est un chat très bien élevé (j'admets qu'il a un truc avec les chaussettes et tout ce qui brille) et s'il y a un problème de rongeurs au palais, on peut lui faire confiance. Mais si les chats ne sont pas autorisés à l'intérieur du palais ? J'ai toujours refusé que le vétérinaire lui retire ses griffes. Aussi, s'il y a des meubles de valeur ou des tapisseries, autant leur dire bye-bye...

Maman a déjà vu avec Mr. G où il mettra ses affaires quand il s'installera à la maison. Tout ce que je peux dire, c'est que Mr. G possède des trucs assez sympa, comme un baby-foot, une batterie (qui aurait cru que Mr. Gianini était musicien !), un flipper ET une télé avec un écran plat de 90 cm.

Je ne plaisante pas. Mr. G est bien plus cool que je ne le pensais.

Mais si je ne pars pas à Genovia, qui va consoler mon pauvre papa de son éternelle solitude ?

Attention, voilà la maquilleuse. Elle a trouvé de l'ombre à paupières bleue.

J'ai envie de vomir. Heureusement que j'étais trop nerveuse ce matin pour avaler quoi que ce soit.

Samedi 25 octobre, 7 heures du soir, en allant chez Lilly

Zut, zut, zut, zut. ZUT.

J'ai tout foutu en l'air. TOUT.

Je ne comprends pas ce qui s'est passé. Franchement. Tout allait très bien, Beverly Bellerieve était super gentille, elle faisait tout pour me détendre.

Et pourtant, je crois bien que j'ai fait une énorme bourde.

Je crois ? NON, J'EN SUIS SÛRE.

Je ne l'ai pas fait exprès. Je le jure. Je ne sais même pas comment j'ai pu sortir un truc pareil. Faut dire qu'avec tous ces projecteurs, ces micros et ces gens autour de moi, il y avait de quoi être tendue. J'avais l'impression que... Je ne sais pas... C'était comme si j'étais de nouveau dans le bureau de la principale et que je revivais la scène du sirop à la codéine.

Aussi, quand Beverly Bellerieve a dit : « Mia, n'avez-vous pas une grande nouvelle à nous annoncer ? », j'ai paniqué. J'ai pensé : *Comment le sait-elle ?* et puis : *Des milliers de gens te regardent. Dis-leur que tu es heureuse.*

Et j'ai répondu : « Oui, je suis super contente. J'ai toujours rêvé d'avoir un petit frère ou une petite sœur. Mais ils ne veulent pas en faire tout un plat.

Il y aura juste une petite cérémonie à la mairie, et je serai leur témoin... »

C'est à ce moment-là que mon père a lâché son verre de Perrier et que Grand-Mère s'est mise à hyperventiler au point qu'elle a dû respirer dans une pochette en papier.

Je me suis mordu la langue en pensant : *Zut, zut, zut, qu'est-ce que j'ai fait ?*

J'ai compris trop tard que Beverly Bellerieve ne parlait pas du tout de la grossesse de ma mère. Évidemment. Comment aurait-elle pu être au courant ? Elle faisait tout simplement allusion à ma note en maths. Je suis passée de D à B.

Quand j'ai vu que mon père se prenait la tête entre les mains, j'ai voulu me lever pour aller le réconforter. Mais j'avais les pieds empêtrés dans les câbles du micro. L'ingénieur du son avait mis une demi-heure au moins pour tout installer et ça m'embêtait de déranger ce qu'il avait fait. Pourtant, je voyais les épaules de mon père secouées de tremblements. J'étais sûre qu'il pleurait, comme à la fin de *Sauvez Willy*, même s'il m'a juré que s'il avait les yeux rouges, c'était à cause d'une allergie.

Quand elle a compris mon dilemme, Beverly Bellerieve a fait signe au caméraman de couper et un type m'a gentiment libérée.

J'ai enfin pu rejoindre mon père. En fait, il ne pleurait pas du tout. Il était mort de rire. Ce qui, bien sûr, m'a rassurée. C'est vrai, quoi. J'étais contente qu'il ne soit pas complètement anéanti à l'idée d'avoir perdu ma mère à tout jamais.

Mais je ne vois toujours pas ce qu'il y a de drôle.

Et maman ? Comment va-t-elle réagir quand elle apprendra ce que j'ai fait ? Mon père m'a dit de ne pas m'inquiéter, qu'il lui expliquerait ce qui s'est passé.

Je suis certaine qu'il le fera très bien. Sauf que maman voulait lui annoncer la première, et à sa façon. Je ne pouvais pas la fermer, non ?

Je suis incapable de me souvenir de la fin de l'interview tellement j'étais flippée.

À mon avis, Grand-Mère ne s'en remettra jamais. La dernière fois que je l'ai vue, elle était à moitié allongée sur un canapé et buvait un Sidecar. Avec deux Alka-Seltzer dedans.

Mon père m'a assuré qu'il n'était pas du tout jaloux de Mr. Gianini. Il est même super heureux pour maman et trouve que Mr. G. et elle forment un très beau couple. Je pense qu'il parle sérieusement. C'est vrai qu'après le choc initial il avait l'air de ne pas le prendre si mal que ça. En tout cas, une fois l'interview finie, j'ai remarqué qu'il rigolait bien avec Beverly Bellerieve.

Heureusement que je vais directement chez Lilly en sortant d'ici. Elle nous a toutes convoquées, Shameeka, Tina Hakim Baba, Ling Su et moi, pour tourner le prochain épisode de son émission. Je lui demanderai si je peux dormir chez elle. Comme ça, avec un peu de chance, quand je rentrerai à la maison, demain, maman aura eu le temps de réfléchir et peut-être de me pardonner.

Je croise les doigts.

Dimanche 26 octobre, 2 heures de l'après-midi, dans la chambre de Lilly

Très bien. Je n'ai qu'une seule question : pourquoi faut-il que rien ne tourne rond dans ma vie ?

Apparemment, il n'est pas suffisant :

1. Que je sois née sans glandes mammaires.
2. Que mes pieds soient aussi longs que les cuisses d'une personne de taille normale.
3. Que je sois l'unique héritière du trône d'une principauté en Europe.
4. Que ma moyenne continue de baisser malgré tous mes efforts.
5. Que j'aie un admirateur secret qui refuse de me révéler son identité.
6. Que ma mère soit enceinte de mon prof de maths et...
7. Que toute l'Amérique l'apprenne lundi soir, après avoir regardé *Twenty-Four/Seven* à la télé.

En plus de toutes ces tares, je viens de découvrir que j'étais la seule parmi mes amies à n'avoir jamais été embrassée par un garçon. Avec la langue, cela va sans dire.

Je ne plaisante pas. Pour son émission de la semaine prochaine, Lilly a insisté pour tourner ce qu'elle appelle une confession à la Scorsese, dans laquelle elle espère illustrer à quel point la jeunesse américaine d'aujourd'hui a sombré dans la décadence. Du coup, elle a voulu qu'on confesse devant la caméra nos pires péchés, et c'est comme ça que j'ai appris que Shameeka, Tina Hakim Baba, Ling Su et Lilly se sont déjà toutes retrouvées avec la langue d'un garçon dans la bouche. TOUTES.

Sauf moi.

Pour Shameeka, ça ne m'étonne pas trop. Depuis que ses seins ont poussé, les garçons lui tournent autour comme si elle était la dernière version de *Tomb Raider*. Pour Ling Su, non plus. Clifford, son petit copain, et elle sont hyper amoureux.

Mais Tina ? Elle a un garde du corps, non ? *Quand* a-t-elle été seule suffisamment longtemps avec un garçon pour qu'il l'embrasse avec la langue ?

Et Lilly ? Excusez-moi, mais Lilly, MA MEILLEURE AMIE ? Moi qui pensais qu'elle me racontait tout (même si, personnellement, *je* ne lui raconte pas tout). Quand je pense qu'elle sait l'effet que ça fait d'avoir la langue d'un garçon dans sa bouche et qu'elle a attendu MAINTENANT pour me le dire !

Apparemment, Boris Pelkowski sait bien mieux y faire qu'on ne pourrait le penser, étant donné sa manie de rentrer son pull dans son pantalon.

Mais entre nous, ça me dégoûterait. Berk. Je préférerais mourir vieille fille que de sentir la langue de Boris Pelkowski dans ma bouche. En plus, il a toujours des ALIMENTS coincés dans son appareil.

Lilly dit qu'il retire son appareil avant de l'embrasser.

Est-ce que je suis si repoussante que cela ? Le seul garçon qui m'ait jamais embrassée l'a fait uniquement pour avoir sa photo dans le journal.

C'est vrai qu'il a essayé de faire rentrer sa langue, mais mes lèvres étaient tellement collées l'une contre l'autre que rien ne pouvait passer.

Bref, dans la mesure où je n'ai jamais été embrassée et que je n'avais rien de très intéressant à avouer devant la caméra, Lilly a décidé de me faire jouer à « action-vérité ». Sauf qu'elle a choisi *action* sans me demander si je ne préférais pas *vérité*.

Comme *action*, elle m'a mise au défi de lancer une aubergine par la fenêtre de sa chambre. Je tiens à préciser que les Moscovitz habitent au seizième étage.

J'ai répondu qu'il n'y avait pas de problème, même

si, bien sûr, je n'y tenais pas particulièrement. C'est vrai, quoi. C'est complètement idiot. Quelqu'un pourrait se trouver pile dans la trajectoire de l'aubergine. Je veux bien illustrer à quel point la jeunesse américaine a sombré dans la décadence, mais de là à blesser un innocent...

Mais qu'est-ce que je pouvais faire ? C'est le jeu. J'étais coincée. Déjà que je n'ai jamais été embrassée avec la langue, ce n'est pas la peine, en plus, de passer pour une mauviette.

Je ne pouvais pas non plus tenir tête à Lilly et lui dire : « D'accord, je n'ai jamais été embrassée par un garçon, mais j'ai reçu une lettre d'amour. D'un garçon, je veux dire. »

Parce que si c'est Michael qui l'a écrite (je sais, c'est peu probable, mais j'ai le droit de rêver, non ?), je ne tiens pas à ce que Lilly soit au courant. Pareil pour mon interview avec Beverly Bellerieve, ou pour le projet de mariage entre ma mère et Mr. Gianini. Je fais tout ce que je peux pour être une fille normale mais, franchement, comment voulez-vous que j'y arrive ?

Lilly n'en revenait pas. C'est la première fois que je ne me rebiffais pas contre une de ses *actions*.

En fait, je serais bien incapable d'expliquer pourquoi j'ai accepté. Peut-être parce que, quelque part dans le monde, un garçon m'apprécie et que je n'ai pas envie de le décevoir. À moins que je n'aie tout simplement peur de ce que Lilly m'obligerait à faire si je refusais d'accomplir son *action*. Une fois, elle m'a mise au défi de sortir dans le hall toute nue. Je ne parle pas du hall de l'appartement des Moscovitz. Non. Mais du hall de l'immeuble.

Bref, je me suis glissée jusqu'à la cuisine des Moscovitz. Mais avant, je suis passée devant le salon où les parents de Lilly étaient assis, en jogging l'un et l'autre, une pile de revues de psychanalyse posée sur la table basse. Sauf que le père de Lilly lisait *Le Magazine des sportifs*, et sa mère, *Cosmo*.

Quand il m'a vue, le père de Lilly a baissé son journal et m'a dit : « Bonjour Mia. Comment vas-tu ?

— Bien, bien. Merci, j'ai répondu nerveusement.

— Et ta mère ? m'a demandé alors Mrs. Moscovitz.

— Elle va bien aussi.

— Voit-elle toujours ton professeur de mathématiques à titre amical ?

— Euh... oui, Dr Moscovitz. » *Et plus qu'amical, même.*

« Et approuves-tu toujours cette relation ? a voulu savoir le père de Lilly.

— Euh... oui, Dr Moscovitz », je me suis contentée de répondre. Je me suis dit que ce n'était peut-être pas nécessaire de leur parler de cette histoire de bébé. Après tout, j'étais en train d'accomplir une *action.* On n'est pas censé s'arrêter pour faire un brin de psychanalyse quand on joue à « action-vérité », non ?

« Nos amitiés à ta mère, a dit la mère de Lilly. Elle expose bientôt, n'est-ce pas ?

— Oui, madame. »

Les Moscovitz adorent la peinture de maman. Ils ont accroché sa plus grande toile, *Femme mangeant un en-cas*, dans leur salle à manger.

Quand j'ai vu qu'ils se replongeaient dans la lecture de leurs magazines, je me suis empressée de gagner la cuisine.

J'ai trouvé une aubergine dans le compartiment à légumes et je l'ai cachée sous ma jupe. Je ne tenais pas trop à ce que les Moscovitz me voient retourner dans la chambre de leur fille avec un objet ovoïde à la main. Je me méfiais des questions qu'ils pourraient me poser.

Quand je suis revenue, Lilly a pris le micro et, d'une voix grave, elle a expliqué que je m'apprêtais à faire quelque chose au nom de toutes les filles bien élevées du monde entier. Shameeka était à la caméra. J'ai ouvert la fenêtre, vérifié qu'il n'y avait personne et, comme dans les films, j'ai crié : « Larguez la bombe ! »

C'était assez cool de voir cette énorme aubergine violette – de la taille d'un ballon de rugby – culbuter dans les airs en tombant. Comme la 5e Avenue

– où habitent les Moscovitz – est très éclairée, on a pu suivre sa trajectoire devant les fenêtres des psychanalystes et des banquiers (les seuls à pouvoir payer un loyer dans l'immeuble de Lilly) jusqu'à ce que...

SPLASHHHHH !

L'aubergine touche le sol.

Sauf qu'elle n'a pas fait que toucher le sol. Elle a explosé sur le trottoir. Des morceaux d'aubergine se sont étalés un peu partout – mais surtout sur le pare-brise d'un bus qui passait à ce moment-là et sur le toit d'une Jaguar, à l'arrêt au feu rouge.

Alors que je me penchais par la fenêtre pour admirer mon œuvre, la portière de la Jaguar s'est ouverte du côté du conducteur et un homme est sorti pile au moment où le concierge de l'immeuble de Lilly s'avançait sur le trottoir et levait les yeux.

Tout à coup, j'ai senti que quelqu'un me prenait par la taille et me tirait en arrière.

C'était Michael. Il a crié : « Rentre tout de suite ! » et m'a plaquée au sol.

On s'est aussitôt tous baissés. Enfin, Lilly, Michael, Shameeka, Ling Su et Tina se sont baissés. Moi, j'étais déjà par terre.

D'où sortait Michael ? Je ne savais même pas qu'il était là – depuis que Lilly m'a mise au défi de sortir nue dans le hall de son immeuble, je me renseigne toujours pour savoir s'il est dans les parages ou pas. On ne sait jamais. Mais Lilly m'avait dit qu'il était allé écouter une conférence sur les quasars à Columbia et qu'il ne serait pas de retour avant plusieurs heures.

Michael a hurlé : « Vous êtes totalement idiotes ou quoi ? Vous auriez pu tuer quelqu'un ! Vous ne savez pas en plus que c'est interdit de jeter quoi que ce soit par la fenêtre ? »

Lilly a haussé les épaules et a rétorqué : « Ça va, Michael. C'était juste un légume. Pas la peine d'en faire tout un plat. »

Mais Michael était fou de rage.

Il a dit : « Je suis sérieux, Lilly. Si quelqu'un a vu Mia, elle risque d'être arrêtée.

— Ça m'étonnerait, a répondu Lilly. Elle est mineure.

— Elle peut passer devant le tribunal pour enfants, il a ajouté. Tu ferais mieux de ne pas diffuser ce passage-là dans ton émission. »

Je n'en revenais pas. Michael défendait mon honneur ! Ou du moins cherchait à m'éviter le tribunal pour enfants. C'était tellement adorable de sa part. Tellement digne d'un... Jo Crox.

Mais Lilly ne l'entendait pas de cette oreille. Elle a dit :

« Il n'est pas question que j'abandonne !

— Dans ce cas, a concédé Michael, efface au moins les passages où on voit le visage de Mia ».

Lilly a relevé le menton d'un air de défi et a répondu :

« Certainement pas. »

Mais Michael a insisté : « Lilly, tout le monde sait qui est Mia. Si tu diffuses ça, dès demain on ne parlera dans la presse que de la princesse de Genovia surprise en train de lancer des projectiles depuis la fenêtre de l'appartement de sa meilleure amie. Tu as réfléchi à ça ? »

À ce moment-là, Michael ne me tenait plus par la taille. Malheureusement.

Tina est alors intervenue : « Lilly, Michael a raison. On ferait mieux d'effacer ce passage. Mia a déjà assez de pub comme ça. »

Et Tina n'était même pas au courant pour *Twenty-Four/Seven.*

Lilly s'est relevée en maugréant et s'est penchée par la fenêtre – pour vérifier, je suppose, que le portier de l'immeuble et le propriétaire de la Jaguar étaient toujours là –, mais Michael s'est jeté sur sa sœur, il l'a tirée en arrière et a déclaré :

« Règle n° 1 : Si tu persistes à jeter des objets par la fenêtre, ne vérifie jamais que quelqu'un se trouve en dessous. Parce que la personne te verra et pourra en déduire dans quel appartement tu es. Tu seras alors punie pour avoir jeté quelque chose par la fenêtre de chez toi. En pareilles circonstances, il n'y a en effet que le coupable qui se penche par la fenêtre. »

Shameeka s'est alors exclamée : « Ouah ! Tu parles comme si tu l'avais déjà fait. »

Moi, je trouvais qu'il parlait comme l'inspecteur Harry.

Curieusement, j'avais éprouvé la même sensation en lançant l'aubergine par la fenêtre. Celle d'être l'inspecteur Harry.

Ce qui avait été assez agréable, mais pas autant, bien sûr, que ce que j'ai éprouvé quand Michael a pris ma défense.

Michael a répondu : « Disons qu'à une époque, je me suis beaucoup intéressé à la force de l'attraction terrestre. »

Il y a tellement de choses que je ne sais pas sur le frère de Lilly. J'ignorais, par exemple, qu'il avait été un jeune délinquant.

Est-ce qu'un génie en informatique-jeune délinquant pourrait s'intéresser à une princesse comme moi, avec des œufs sur le plat à la place des seins ? Il m'a quand même sauvé la vie, ce soir (bon d'accord : il m'a empêchée d'être astreinte à des travaux d'intérêt général).

O.K. Il ne m'a pas embrassée avec la langue et n'a pas avoué non plus être l'auteur de cette lettre anonyme. Mais c'est quand même un début, non ?

À faire :

1. Journal pour Mrs. Spears.
2. Cesser de penser à cette fichue lettre.
3. Idem pour Michael Moscovitz.
4. Idem pour l'interview.
5. Idem pour maman.
6. Changer la litière de Fat Louie.
7. Apporter linge au pressing.
8. Demander au concierge de fixer une serrure à la porte de la salle de bains.
9. Acheter : produit vaisselle, cotons-tiges, cadres (pour les toiles de maman), produit à mettre sur les ongles pour qu'ils aient mauvais goût, petit cadeau pour souhaiter la bienvenue à Mr. Gianini, petit cadeau pour dire à papa de ne pas se faire de souci. Un jour, lui aussi rencontrera le grand amour.

Dimanche 26 octobre, 7 heures du soir

J'avais super peur en rentrant à la maison que ma mère me dise que je l'avais déçue.

Je n'avais pas peur qu'elle se mette à crier, non. Ce n'est pas son genre de crier. Mais d'être déçue, oui. Quand elle ne peut pas compter sur moi, par exemple. Comme quand j'oublie de l'appeler très tard le soir pour lui dire où je suis (ce qui n'arrive pratiquement jamais, étant donné que je ne sors pas ou à peine).

Cette fois, on peut dire que j'avais fait fort. C'est pour ça que j'ai eu du mal à partir de chez les Moscovitz : je savais qu'elle allait être hyper déçue.

En même temps, j'ai toujours du mal à partir de chez les Moscovitz. Chaque fois que je suis chez eux, j'ai l'impression d'être en vacances par rapport à ma vraie vie. Lilly a une famille tellement formidable, tellement normale. Enfin, aussi normale que peut l'être une famille où les parents sont tous deux psychanalystes, et où le fils a son propre journal en ligne et la fille, sa propre émission de télé. Chez les Moscovitz, quand il y a un problème, c'est pour savoir qui va sortir Pavlov, leur berger écossais, ou qui va commander des plats à emporter chez l'Italien ou chez la Chinoise.

À la maison, quand il y a un problème, c'est toujours plus compliqué.

Bref, j'ai fini par rentrer et là, surprise ! ma mère n'était pas déçue du tout. Elle était même très contente de me voir et elle m'a fait un gros câlin en me disant de ne pas m'inquiéter pour ce qui s'était passé durant l'enregistrement de l'interview. Mon père l'avait appelée, ils avaient discuté et elle avait compris ce qui s'était passé. Elle a même essayé de me faire croire que finalement, c'était *sa* faute, qu'elle aurait dû l'annoncer à mon père tout de suite.

Je sais bien que ce n'est pas vrai – c'est ma faute, à moi toute seule –, mais c'était gentil de sa part de faire semblant.

On a ensuite passé un moment super agréable à parler des préparatifs du mariage. Ma mère trouve que Halloween est une date parfaite pour se marier, dans la mesure où c'est toujours un peu effrayant de se marier.

Et puisque le mariage aura lieu le jour de Halloween, elle a aussi décidé de se déguiser en King Kong pour aller à la mairie. Elle veut que, moi, je me déguise en Empire State Building (vu ma taille, ce n'est pas un problème). Elle essayait de convaincre Mr. G. de s'habiller en Fay Wray quand le téléphone a sonné. C'était Lilly.

Je ne comprenais pas pourquoi Lilly m'appelait. On venait de se quitter, mais bon, j'ai pensé que j'avais peut-être oublié ma brosse à dents.

Ce n'est pas du tout pour ça que Lilly m'appelait, comme je m'en suis rendu compte quand elle m'a demandé d'un ton sec : « C'est quoi cette histoire d'interview pour *Twenty-Four/Seven* ? »

Je n'en revenais pas. J'ai même cru un moment que Lilly était douée de perception extrasensorielle et qu'elle me l'avait caché pendant toutes ces années.

Je lui ai demandé : « Comment le sais-tu ? » et elle m'a répondu :

« Parce qu'il y a des pubs qui l'annoncent toutes les cinq minutes, banane ! »

J'ai allumé la télé. Lilly avait raison ! Sur toutes les chaînes, des spots invitaient les téléspectateurs à regarder demain soir l'interview exclusive de la princesse Mia, par Beverly Bellerieve.

Lilly a alors voulu savoir pourquoi je ne lui en avais pas parlé. « Je ne sais pas, j'ai répondu. L'enregistrement a eu lieu hier. Et puis, c'est pas grand-chose, tu sais. »

Lilly s'est mise à hurler si fort que j'ai dû écarter le combiné de mon oreille :

« PAS GRAND-CHOSE ??? Tu es interviewée par Beverly Bellerieve et tu dis que c'est PAS GRAND-CHOSE ??? Est-ce que tu sais que BEVERLY BELLERIEVE EST L'UNE DES JOURNALISTES LES PLUS CONNUES ET LES PLUS INTÈGRES DES ÉTATS-UNIS ? Et qu'elle est mon MODÈLE depuis toujours ??? »

J'ai attendu que Lilly se calme pour lui expliquer que je ne connaissais pas les mérites de Beverly Bellerieve et que je ne savais pas non plus qu'elle était son modèle depuis toujours. Moi, je l'avais trouvée sympa, c'est tout.

Mais Lilly n'a rien voulu entendre. Elle m'a dit : « Je ne t'en veux pas pour une seule et unique raison : à savoir que demain, tu me raconteras cette interview dans les moindres détails.

— Ah bon ? » j'ai fait.

Juste après, je lui ai demandé pourquoi elle pourrait m'en vouloir. C'est vrai, quoi !

« Parce que tu m'as donné l'exclusivité de ta première interview publique, m'a rappelé Lilly. Pour *Lilly ne mâche pas ses mots.* »

J'avoue que je ne m'en souviens pas, mais je suppose que ça doit être vrai.

En tout cas, d'après les extraits qui passaient à la télé, je me suis rendu compte que Grand-Mère avait eu raison pour l'ombre à paupières. Ce qui est assez surprenant, parce que Grand-Mère n'a pas souvent raison.

Les cinq principaux points sur lesquels Grand-Mère s'est complètement trompée :

1. Quand elle pensait que mon père s'assagirait dès qu'il aurait rencontré la femme idéale.
2. Quand elle disait que Fat Louie m'étoufferait pendant mon sommeil.
3. Quand elle clamait que si j'allais dans une école mixte, j'attraperais des maladies honteuses.
4. Quand elle m'assurait que si je me faisais per-

cer les oreilles, le trou s'infecterait et que je mourrais de septicémie.

5. Quand elle me certifiait que j'aurais de la poitrine à l'adolescence.

Dimanche 26 octobre, 8 heures du soir

Si je vous dis ce qui a été livré à la maison pendant mon absence, vous ne me croirez pas. Moi-même, je n'y croyais pas jusqu'au moment où j'ai vu l'étiquette. Je sens que je vais tuer ma mère.

Jefferson Market
Produits frais garantis
Livraison à domicile gratuite

Commande n° 2 803

1 paquet de pop-corn au fromage spécial micro-ondes
1 carton de lait chocolaté Yoo Hoo
1 pot d'olives noires
1 pot de glace au caramel
1 paquet de saucisses au bœuf
1 paquet de pains à hot-dog
1 paquet de feuilletés au fromage
1 paquet de gâteaux aux pépites de chocolat
1 paquet de chips parfum barbecue

1 paquet de noix de cajou
1 paquet de gâteaux Milano
1 pot de cornichons doux
Papier toilette
1 livre de jambon

Adresse :
Helen Thermopolis, 1005 Thompson Street, n° 4A

Est-ce que ma mère s'est demandé une seule seconde si toutes ces graisses saturées et tout ce chlorure de sodium n'allaient pas affecter la santé du bébé qu'elle porte dans son ventre ? Je sens qu'on va devoir être hyper vigilants, Mr. Gianini et moi.

J'ai tout donné à Ronnie, la voisine. Sauf le papier toilette. Ronnie m'a dit qu'elle allait apporter ce qui faisait grossir à un S.D.F. avec qui elle a sympathisé. Depuis qu'elle a changé de sexe, elle doit surveiller son poids. À cause de l'œstrogène qu'elle prend sous forme de piqûres, tout ce qu'elle mange lui va directement dans les fesses.

Dimanche 26 octobre, 9 heures du soir

J'ai reçu un autre mail de Jo Crox !

Je l'ai imprimé pour pouvoir le coller dans mon journal.

Jo Crox : Salut, Mia. Je viens de voir la pub qui annonce ton interview. Tu es superbe. Désolé de ne pas pouvoir te révéler mon identité. Ça m'étonne que tu n'aies pas encore deviné. Tu ferais mieux de te déconnecter maintenant et de te mettre aux maths. Je connais tes difficultés dans cette matière. C'est d'ailleurs l'une des choses que je préfère chez toi.
Ton ami.

Cette histoire de mail anonyme va me rendre folle. Qui peut bien m'écrire ? Qui ?

J'ai aussitôt répondu :

FtLouie : Qui es-tu ?????????

J'espérais qu'il allait comprendre, mais il ne m'a toujours rien renvoyé. Qui, parmi les gens que je connais, sait que j'attends toujours la dernière minute pour faire mes maths ? Tous, malheureusement.

Mais celui qui le sait le mieux, c'est Michael. Il est bien placé pour le savoir, puisqu'il m'aide à faire mes maths pendant l'étude dirigée.

Si seulement Michael pouvait être Jo Crox !

Mais je suis sûre que ce n'est pas lui. Ce serait trop beau. Ce genre de chose n'arrive qu'à des filles comme Lana Weinberger, jamais à des filles comme moi. Avec la chance que j'ai, à tous les coups ça doit être ce type bizarre qui aime autant le chili. Ou alors un garçon qui ne respire que par la bouche, comme Boris.

Lundi 27 octobre, pendant l'étude dirigée

Apparemment, Lilly n'est pas la seule à avoir vu la pub qui annonce mon interview de ce soir.

À l'école, tout le monde ne parle que de ça. J'ai bien dit : TOUT LE MONDE.

Et tout le monde a l'intention de la regarder.

Ce qui signifie que, dès demain, tout le monde sera au courant pour maman et Mr. Gianini.

Non que ça m'embête. Il n'y a pas de honte à avoir. Pas du tout. La maternité est une chose très belle et naturelle.

Mais j'aimerais bien, quand même, me rappeler un peu plus ce qu'on a dit, Beverly Bellerieve et moi. Je suis sûre qu'on n'a pas uniquement parlé du mariage de ma mère et de Mr. G. Pourvu que je n'aie pas trop dit d'âneries !

Je crois que je vais me renseigner très sérieusement sur les cours par correspondance. Au cas où...

Tina Hakim Baba m'a dit que sa mère, qui était top-model en Angleterre avant d'épouser Mr. Hakim Baba, donnait souvent des interviews télévisées autrefois. Il paraît que les journalistes acceptaient toujours de lui envoyer une copie de la cassette pour qu'elle puisse la visionner avant que l'interview soit diffusée et corriger, ou effacer, certains passages qui la gênaient.

Comme je trouvais que c'était une super bonne idée, j'ai appelé mon père à son hôtel, à l'heure du déjeuner, et je lui ai demandé s'il pouvait en parler à Beverly.

Il m'a dit : « Attends une minute » et je l'ai entendu qui lui en parlait. Parce que Beverly Bellerieve était à ses côtés ! Dans sa suite, à l'hôtel ! Un lundi après-midi !

Cinq secondes après, c'est Beverly Bellerieve que j'ai entendue. Elle m'a demandé : « Que se passe-t-il, Mia ? »

Je lui ai expliqué que je me faisais du souci pour l'interview et je lui ai demandé si elle ne pouvait pas me faire parvenir une cassette pour que je puisse la visionner avant ce soir.

Beverly m'a dit de ne pas m'inquiéter, que je passais très bien à l'écran et que ce n'était vraiment pas nécessaire. En fait, je ne me souviens pas exactement de ses paroles, mais je me suis sentie complètement rassurée.

Beverly Bellerieve fait partie de ces gens auprès de qui on se sent bien. Pas étonnant que mon père ne l'ait pas laissée sortir de sa chambre depuis samedi.

Deux voitures, dont l'une roule en direction du nord à 60 km/h et l'autre en direction du sud à 80 km/h, quittent New York à la même heure. Dans combien de temps seront-elles à 570 km de distance ?

Qu'est-ce qu'on en a à faire, franchement ?

Lundi 27 octobre, pendant le cours de bio

Mrs. Sing, notre prof de bio, dit qu'il est physiologiquement impossible de mourir d'ennui ou de honte. C'est faux. Je le sais parce que je suis en train de faire un arrêt cardiaque.

Pile au moment où on venait de quitter la salle de l'étude dirigée, Michael, Lilly et moi, Lana Weinberger nous a rejoints – NOUS, MICHAEL ET MOI –, et elle a dit, de sa voix nasillarde : « Vous sortez ensemble, tous les deux ? »

Quand j'y repense, il y a de quoi tomber raide morte. Je ne plaisante pas. Si vous aviez vu la tête de Michael ! J'ai cru qu'elle allait exploser tellement elle était rouge.

La mienne ne devait pas être mal, non plus.

Lilly n'a rien arrangé en éclatant de rire et en s'exclamant : « C'est la meilleure ! »

Bien sûr, il n'en a pas fallu plus à Lana Weinberger et à sa bande de copines pour éclater de rire à leur tour.

Franchement, je ne vois pas ce qu'il y a de drôle. Ces filles n'ont manifestement jamais vu Michael Moscovitz torse nu. Moi, si.

Je suppose que Michael a dû trouver toute cette histoire ridicule parce qu'il ne s'est même pas donné la peine de répondre.

En tout cas, ce que je peux dire, c'est que ça me démange de lui demander s'il est Jo Crox ou pas. Et puis, je n'arrête pas de faire des allusions à Sailor Moon. Je sais que c'est bête, mais je ne peux pas m'en empêcher.

Pendant combien de temps encore je vais être la seule fille de seconde à n'être jamais sortie avec un garçon ?

Devoirs :

Maths : problèmes p. 135.

Anglais : « La vie est une expérience. Plus on fait d'expériences, mieux c'est. » (Ralph Waldo Emerson.) Noter dans votre journal les sentiments que vous inspire cette citation.

Histoire : questions fin du chapitre IX.

Français : préparer l'itinéraire d'un voyage à Paris.
Biologie : Kenny s'en charge.

Rappeler à maman de prendre rendez-vous avec un généticien. Est-ce qu'elle ou Mr. G. pourrait être porteur du gène de la maladie de Tay-Sachs ? De nombreux cas ont été relevés chez des juifs originaires d'Europe de l'Est et chez des Canadiens français. Y a-t-il eu des Canadiens français dans notre famille ? SE RENSEIGNER RAPIDEMENT.

Lundi 27 octobre, après l'école

Jamais je n'aurais pensé que j'écrirais cela un jour : je me fais du souci pour Grand-Mère.

Je ne plaisante pas. Je crois qu'elle n'a plus toute sa tête.

Je suis entrée dans sa suite pour ma leçon de princesse – je dois officiellement être présentée au peuple de Genovia dans le courant du mois de décembre, du coup Grand-Mère me donne des leçons de princesse tellement elle a peur que j'insulte un dignitaire ou je ne sais qui en me tenant mal –, et vous ne devinerez jamais ce que faisait Grand-Mère.

Elle consultait le maître de cérémonie de Genovia au sujet du mariage de maman.

Je parle sérieusement. Grand-Mère a fait venir ce type exprès de Genovia !

Ils étaient assis autour de la table, une grande feuille blanche devant eux, couverte de petits cercles sur lesquels Grand-Mère posait des étiquettes. Elle a levé les yeux vers moi et a dit, en français : « Oh, Amelia, comme je suis contente de te voir. Assieds-toi. Nous avons du travail, Vigo, toi et moi. »

Je n'en croyais pas mes yeux et j'ai secoué la tête dans l'espoir que ce que je voyais n'était pas... ce que je voyais.

« Qu'est-ce que tu fabriques, Grand-Mère ? » je lui ai demandé.

Elle m'a regardée en haussant les sourcils et a répondu : « Ça ne se voit pas ? J'organise un mariage, voyons. »

Ma gorge s'est serrée. Ça n'allait pas. PAS DU TOUT.

« Et de quel mariage s'agit-il ? » j'ai dit d'une toute petite voix.

Elle m'a toisée d'un air sarcastique avant de répondre : « Devine. »

Ma gorge s'est serrée encore plus. « Grand-Mère, j'ai dit, est-ce que je peux te parler. En privé ? »

Mais Grand-Mère a renvoyé ma question d'un

geste de la main et a répondu : « Tout ce que tu as à me dire, tu peux le dire en présence de Vigo. Vigo mourait d'envie de faire ta connaissance. Vigo, je vous présente Son Altesse Royale, la princesse Amelia Mignonette Renaldo. »

Elle n'a pas dit Thermopolis. Grand-Mère ne dit jamais Thermopolis quand elle me présente.

Vigo s'est aussitôt levé et s'est exclamé : « Votre Altesse ! Quel plaisir de faire enfin votre connaissance ! » Puis il s'est tourné vers Grand-Mère et a ajouté : « Vous avez raison, madame, elle a le nez des Renaldo.

— Je vous l'avais bien dit », a lancé Grand-Mère sur un ton suffisant.

Vigo a alors formé un carré avec ses deux pouces et ses deux index et il m'a observée au travers avant de déclarer : « Rose. Tout en rose. J'adore les demoiselles d'honneur habillées de rose. En revanche, pour les autres membres de la suite, ce sera ivoire. Ça fera *tellement* Diana. Ah, Diana ! Diana avait toujours raison. Elle... »

Je ne l'ai pas laissé finir et j'ai déclaré : « Je suis ravie moi aussi de faire votre connaissance, monsieur Vigo, mais je crois que maman et Mr. Gianini penchent plutôt pour un mariage intime à... la mairie uniquement. »

Grand-Mère a roulé des yeux. Elle peut faire super peur quand elle roule des yeux comme ça. C'est à cause du trait d'eyeliner qu'elle s'est fait tatouer il y a des années pour ne pas perdre de temps à se maquiller quand elle doit, eh bien... terroriser quelqu'un, par exemple.

Elle a dit : « Oui, j'ai entendu parler de cette histoire. C'est absolument ridicule. Ils se marieront ici, au *Plaza*, et nous donnerons ensuite une réception dans la salle de bal, comme il convient à la mère de la future régente de Genovia.

— Je ne crois pas que ce soit ce qu'ils souhaitent, j'ai insisté.

— Et pourquoi donc ? s'est exclamée Grand-Mère. Ton père se chargera des dépenses, bien sûr. Et j'ai été très généreuse. Ils ont droit chacun à vingt-cinq invités. »

J'ai baissé les yeux sur la feuille de papier. Il y avait bien plus que cinquante étiquettes.

Grand-Mère avait dû suivre mon regard parce qu'elle a dit : « Il m'en faut, évidemment, trois cents.

— Trois cents quoi ? je lui ai demandé.

— Invités, bien sûr », a répondu Grand-Mère.

J'ai compris, à ce moment-là, que je nc pourrais jamais m'en sortir seule. J'allais devoir appeler des renforts si je voulais arriver à un terrain d'entente avec Grand-Mère.

Du coup, j'ai déclaré : « Je crois que je vais passer un coup de fil à papa pour lui en parler. »

Grand-Mère a ricané. « Bonne chance ! Il est parti avec cette femme, cette Beverly quelque chose, et je n'ai plus eu de nouvelles depuis. S'il ne prend pas garde, il va finir par se retrouver dans la même situation que ton professeur de mathématiques. »

Sauf que ça m'étonnerait que papa mette enceinte qui que ce soit puisque la raison pour laquelle je suis sa seule et unique héritière, c'est qu'il est stérile depuis qu'il a dû faire une chimiothérapie pour guérir d'un cancer des testicules. Mais je suppose que Grand-Mère espère toujours qu'elle verra un autre héritier monter sur le trône de Genovia, tellement je la déçois.

J'en étais là de mes réflexions quand un bruit étrange est monté de dessous le fauteuil de Grand-Mère. On a baissé les yeux toutes les deux. C'était Rommel, son caniche nain, qui tremblait de tous ses membres en me regardant.

Je sais que je suis horrible, mais franchement, c'est incroyable comme ce chien a peur de moi. Et en plus, j'aime les bêtes !

Cela dit, il faut vraiment les aimer beaucoup pour apprécier Rommel. Il souffre depuis quelque temps de troubles psychiques (si vous voulez mon avis, c'est parce qu'il vit avec Grand-Mère) qui se manifestent par la perte de ses poils. Du coup, Grand-Mère lui met des pulls et des manteaux pour qu'il n'attrape pas froid.

Aujourd'hui, par exemple, Rommel portait un boléro en vison. Je ne plaisante pas. Le boléro était teint en lavande pour aller avec celui que Grand-Mère avait jeté sur ses épaules. C'est déjà assez scandaleux de voir un être humain porter de la fourrure, mais c'est mille fois pire quand c'est un animal qui porte la fourrure d'un autre animal.

Grand-Mère a crié : « Rommel ! Cesse de grogner. »

Mais Rommel ne grognait pas. Il gémissait. Il gémissait parce qu'il avait peur de moi. De MOI !

Combien de fois par jour est-ce que je dois être humiliée ? Grand-Mère s'est penchée et l'a attrapé. « Gros bêta, va ! » elle lui a dit. Je suis sûre que Rommel aurait préféré qu'elle le laisse par terre. Les broches en diamant de Grand-Mère lui rentraient dans le dos (comme il n'est pas gros et qu'en plus il n'a plus de poils, il est particulièrement sensible aux objets pointus). Il a essayé de se débattre, mais elle ne l'a pas lâché.

Grand-Mère m'a ensuite dit : « Écoute-moi, Amelia. Il faudrait que ta mère et... peu importe comment il s'appelle, notent le nom de leurs invités ainsi que leur adresse afin que je puisse faire imprimer les enveloppes. Je sais que ta mère va vouloir inviter certains de ses amis gauchistes, mais je crois qu'il vaudrait mieux les tenir à l'écart. Ils pourraient se joindre à la presse, par exemple, comme ça ils verront quand même ta mère et auront l'impression de faire partie de la fête sans mettre qui que ce soit mal à l'aise avec leurs affreuses coupes de cheveux et leurs tenues ridicules. »

J'ai essayé de dire quelque chose mais Grand-Mère a continué : « Que penses-tu de cette robe ? » Et elle m'a montré une photo de robe de mariée signée Vera Wang. Je n'ai pas eu besoin de la regarder longtemps pour savoir que jamais ma mère ne porterait ça.

Vigo est alors intervenu : « Non, non, Votre Majesté. Je pense franchement que celle-ci conviendrait mieux », et il a sorti la photo d'une robe fourreau de chez Armani... que ma mère ne porterait pas non plus.

« Grand-Mère, tout cela est très gentil de ta part, mais maman ne veut pas d'un grand mariage », j'ai insisté.

Grand-Mère m'a regardée et a fait : *Pfuit ! Pfuit !* ça veut dire : « Tu racontes n'importe quoi » en français. Et elle a déclaré d'un ton péremptoire : « Elle changera d'avis quand elle verra les délicieux hors-d'œuvre qu'on a prévus pour la réception. Parlez-lui des hors-d'œuvre, Vigo. »

Vigo a alors récité : « Champignons farcis à la truffe, pointes d'asperge au saumon, cosses de pois au fromage de chèvre, feuilles d'endives tartinées de bleu...

— Franchement, Grand-Mère, elle ne voudra pas », ai-je encore tenté.

Mais Grand-Mère a rétorqué : « Fais-moi confiance, Amelia. Je suis certaine que ta mère appréciera. Vigo et moi allons faire de cette journée un événement qu'elle n'oubliera jamais. »

Je n'avais aucun doute là-dessus.

C'est pourquoi j'ai répété : « Vraiment, Grand-Mère, maman et Mr. Gianini prévoyaient quelque chose de beaucoup plus simple et... »

Mais Grand-Mère m'a jeté un de ses regards terrifiants et a déclaré d'une voix grave : « Pendant les trois années durant lesquelles ton grand-père s'est battu contre les Allemands, j'ai maintenu à distance les nazis, sans parler de Mussolini. Ils ont bombardé à coups de mortier les portes du palais, ils ont essayé de franchir les douves avec leurs tanks. Mais j'ai tenu bon, grâce à ma seule volonté. Serais-tu en train de me dire, Amelia, que je ne parviendrai pas à convaincre une femme enceinte de se ranger à mon avis ? »

Je ne dis pas que ma mère ait quoi que ce soit à voir avec les nazis ou Mussolini, mais pour ce qui est de tenir tête à Grand-Mère, je suis prête à parier qu'elle y arrivera.

En attendant, moi, je voyais bien que je perdais mon temps à essayer de faire entendre raison à Grand-Mère. J'ai donc renoncé et j'ai écouté Vigo déblatérer sur le menu qu'il avait choisi, la musique qu'il avait sélectionnée pour la cérémonie et la réception – et j'ai même admiré le press-book du photographe qu'il avait engagé.

Ce n'est qu'au moment où il m'a montré une des invitations que ça a fait tilt dans ma tête.

« Le mariage a lieu vendredi ? j'ai demandé en frémissant.

— Et alors ? a dit Grand-Mère.

— Mais c'est Halloween ! »

C'est-à-dire le même jour que le mariage civil. Et, soit dit en passant, le même soir que la fête de Shameeka.

Grand-Mère a eu l'air las et a demandé : « Quel rapport ?

— Heu... C'est juste que... c'est Halloween. »

Vigo a froncé les sourcils et quand il a répété « Halloween », je me suis souvenu qu'on ne fêtait pas Halloween à Genovia.

Grand-Mère a haussé les épaules et a expliqué : « Il s'agit d'une fête païenne. Les enfants se déguisent et demandent des bonbons aux gens. C'est une affreuse tradition américaine. »

Quand je lui ai fait remarquer que... eh bien, des gens... comme moi, par exemple, avaient peut-être d'autres projets, Vigo m'a interrompu et a dit : « Je ne voudrais pas paraître indélicat, Votre Majesté, mais nous tenons à ce que la cérémonie ait lieu avant que l'état de votre mère... ne soit trop visible. »

Super. Même le maître de cérémonie de Genovia sait que maman est enceinte. Pourquoi Grand-Mère ne loue-t-elle pas le ballon dirigeable de Goodyear pour l'annoncer à tout le pays ?

À ce moment-là, Grand-Mère a commencé à me dire que, dans la mesure où l'on parlait de mariage, on pouvait peut-être aussi parler de mon futur prince consort.

Une minute. « Mon futur *quoi* ? j'ai demandé.

— Prince consort, a répondu Vigo. L'époux de la Souveraine régnante. Le prince Philip, par exemple, est le prince consort de la reine Elizabeth. L'homme que vous choisirez, Votre Altesse, sera *votre* prince consort. »

Je l'ai regardé droit dans les yeux et j'ai dit : « Je croyais que vous étiez le maître de cérémonie de Genovia.

— Vigo est aussi notre chef du protocole, a expliqué Grand-Mère.

— Du protocole ? j'ai répété. Je pensais que le protocole avait à voir avec l'armée. »

Grand-Mère a lâché un soupir. « On appelle " protocole " l'étiquette observée lors des cérémonies officielles. Dans ton cas, Vigo peut t'expliquer ce que l'on attend de ton futur prince consort. »

Grand-Mère m'a demandé de noter sur une

feuille de papier tout ce que Vigo allait me dire de sorte que, dans trois ans, quand je serai à l'université, et que je déciderai de me lancer dans une aventure romantique avec un garçon tout à fait inapproprié, je saurai pourquoi elle est folle de rage.

À l'université ? C'est clair que Grand-Mère ne sait pas qu'en ce moment même un éventuel consort me court après.

Bon d'accord, je ne connais pas le vrai nom de Jo Crox, mais j'ai quand même reçu une lettre et deux mails. C'est déjà ça, non ?

J'ai appris alors ce qu'on attendait d'un prince consort. Eh bien, ça m'étonnerait qu'un garçon m'embrasse avec la langue avant longtemps. En fait, je comprends maintenant pourquoi ma mère n'a jamais voulu se marier avec mon père.

J'ai collé la feuille de papier.

Comportement escompté
de la part du prince consort
de la princesse de Genovia

Le prince consort doit demander la permission à la princesse avant de sortir de la pièce.

Le prince consort doit attendre que la princesse ait fini de parler avant de prendre la parole lui-même.

Le prince consort doit attendre que la princesse ait commencé à manger avant de commencer à manger lui-même.

Le prince consort ne doit pas s'asseoir avant que la princesse ne soit déjà assise.

Le prince consort doit se lever dès que la princesse se lève.

Le prince consort ne doit se lancer dans aucune pratique qui risque de mettre sa vie en danger, comme la course – de voitures ou de bateaux –, l'escalade, la plongée, etc., avant qu'un héritier ait été conçu.

En cas d'annulation du mariage ou de divorce, le prince consort doit renoncer à son droit de garde concernant les enfants nés pendant le mariage.

Le prince consort doit renoncer à la citoyenneté de son pays d'origine pour adopter celle de Genovia.

Parlons sérieusement. Avec quel genre de boulet je vais me retrouver ?

Cela dit, je devrais m'estimer heureuse si jamais je trouve quelqu'un qui veuille bien m'épouser. C'est vrai, quoi ! Vous en connaissez beaucoup, vous, des garçons qui accepteraient de se marier avec une fille qu'ils n'ont pas droit d'interrompre quand elle parle ? Ou qui n'ont pas le droit de claquer la porte en plein milieu d'une dispute ? Ou qui doivent renoncer à leur citoyenneté ?

Je frémis à l'idée du loser qu'on m'obligera un jour à épouser et je porte déjà le deuil du coureur automobile sympa, du passionné d'escalade ou du plongeur avec qui j'aurais pu vivre si je n'avais pas été princesse.

Les cinq pires inconvénients quand on est princesse :

1. Ne pas pouvoir épouser Michael Moscovitz (jamais il ne renoncera à sa citoyenneté américaine en faveur de celle de Genovia).
2. Ne pas pouvoir aller où je veux sans garde du corps (j'aime bien Lars, mais bon, même le pape a le droit d'aller prier tout seul dans son coin).
3. Ne pas avoir le droit de donner mon opinion sur des sujets importants comme l'industrie agro-alimentaire ou le tabac.
4. Devoir suivre des leçons de princesse avec Grand-Mère.
5. Être obligée de faire des maths quand il n'y a aucune raison pour que cela me serve quand je serai à la tête d'une petite principauté d'Europe.

Lundi 27 octobre

Je pensais, dès mon retour, conseiller à maman et à Mr. G. de se faire la malle et sans tarder. Grand-Mère avait quand même convoqué un professionnel ! Je savais que ce ne serait pas facile, surtout que maman doit exposer bientôt, mais c'était ça ou bien un mariage royal comme la ville n'en a pas vu depuis...

En fait, jamais.

Mais quand j'ai poussé la porte, maman avait la tête dans la cuvette des W.-C.

Apparemment, les nausées du matin ont commencé, sauf qu'elles ne surviennent pas uniquement le matin. Ma mère vomit à n'importe quelle heure du jour.

Elle était tellement mal que je n'ai pas eu le courage de lui annoncer les projets de Grand-Mère.

« N'oublie pas de l'enregistrer ! » lançait-elle sans cesse à Mr. G. depuis la salle de bains.

J'ai vite compris qu'il s'agissait de l'enregistrement de mon interview. Mon interview avec Beverly Bellerieve !

Avec ce qui s'était passé chez Grand-Mère, je l'avais complètement oubliée, celle-là. Mais ma mère, non.

On s'est installés devant la télé, Mr. G. et moi – à vrai dire, on a fait pas mal d'allers et retours entre le salon et la salle de bains pour apporter de l'Alka-Seltzer à ma mère.

Je pensais profiter de la première page de publicité pour parler des projets de Grand-Mère à Mr. G., mais j'ai oublié tellement j'étais consternée par le contenu de l'interview.

Beverly Bellerieve – à tous les coups, pour faire plaisir à mon père – m'a envoyé une cassette et une transcription écrite de l'interview. Je vais en coller des passages dans mon journal, comme ça, si un jour je dois donner une autre interview, je pourrai y jeter un coup d'œil et savoir exactement pourquoi je ne dois plus jamais accepter de passer à la télévision.

TWENTY-FOUR/SEVEN du lundi 27 octobre

Une princesse américaine
B. Bellerieve/M. Renaldo

EXT. Thompson Street, sud de Houston (SoHo).

Beverly Bellerieve (B.B.) : *Nous allons aujourd'hui faire la connaissance d'une adolescente tout à fait ordinaire. Enfin, aussi ordinaire que peut l'être une adolescente de Greenwich Village, dont la mère n'est autre que la célèbre artiste peintre Helen Thermopolis. Mia menait donc l'existence d'une adolescente normale – devoirs d'école, amies et une mauvaise note de temps en temps en mathématiques, etc. jusqu'à ce qu'un jour, sa vie bascule.*

INT. Une suite au *Plaza*.

B.B. : *Mia... Est-ce que je peux vous appeler Mia ? Ou préférez-vous que je dise Votre Altesse ? Ou Amelia ?*

Mia Renaldo (M.R.) : *Euh... non, non. Appelez-moi Mia.*

B.B. : *Mia, racontez-nous cette journée. Cette journée où votre vie a changé.*

M.R. : *Euh... J'étais ici, au* Plaza, *avec mon père. On prenait le thé et je me suis mise à avoir le hoquet. Tout le monde me regardait. Mon père, lui, était en train de me dire que j'étais l'héritière du trône de Genovia, le pays où il vit, et moi, je ne comprenais pas. À un moment, je lui ai dit : « Excuse-moi, papa, mais il faut que j'aille aux toilettes. » Je suis partie en courant et j'ai attendu dans les toilettes que mon hoquet passe et quand je suis retournée m'asseoir, là, mon père m'a annoncé que j'étais princesse. Ça m'a fait complètement flipper et je me suis sauvée. J'ai atterri au zoo et je me suis installée dans le pavillon des pingouins. Je suis restée là, à les regarder, pendant un moment. Je n'arrivais pas à y croire parce que, en primaire, la prof nous avait demandé de faire un dossier sur tous les pays d'Europe, et je n'avais pas réalisé que c'était mon père, le prince de Genovia. Je crois que ce qui me faisait surtout très peur, c'était de retourner à l'école et que tout le monde découvre que j'étais princesse. Je ne voulais pas me retrouver dans la peau de mon amie Tina. Tout le monde la traite de mutante parce qu'elle se trimballe partout avec son garde du corps. Eh bien, c'est exactement ce qui m'est arrivé. Je passe pour une mutante maintenant. Mais alors une méga mutante.*

B.B. essaie à ce moment-là de sauver la situation.

B.B. : *Voyons, Mia, je suis sûre que vos camarades vous apprécient beaucoup.*

M.R. : *Non, non, détrompez-vous. On ne m'apprécie pas du tout. De toute façon, dans mon école, pour avoir la cote, il faut soit être bon en sport soit faire partie des pom-pom girls. Ce qui n'est pas mon cas. Du coup, comme je ne fréquente pas ceux qui ont la cote, je ne suis jamais invitée quand il y a une fête. Je veux parler des fêtes branchées, où la bière coule à flots et où les filles et les garçons s'enferment dans les chambres.*

B.B. : *Mais vos professeurs vous apprécient ?*

M.R. : *Oui, sans doute, mais encore faut-il qu'ils passent du temps avec nous dans la classe au lieu de tirer au flanc, comme certains qui nous laissent tout seuls pour aller fumer une cigarette dans la salle des profs.*

Elle a dû sentir qu'il valait mieux changer de sujet parce qu'elle est brusquement passée à autre chose.

B.B. : *À propos, si nous sommes ici, dans cette suite qui appartient à votre grand-mère, la célèbre douairière, la princesse de Genovia, c'est parce qu'elle vous enseigne, si j'ai bien compris, à observer le décorum.*

M.R. : *Oui. Elle me donne des leçons de princesse après l'école. Enfin, pas vraiment après l'école, parce que, après l'école, j'ai soutien en maths tous les jours. Donc, c'est après le soutien.*

B.B. : *Très bien, Mia. Au fait, n'avez-vous pas une grande nouvelle à nous annoncer ?*

M.R. : *Oui, je suis super contente. J'ai toujours rêvé d'avoir un petit frère ou une petite sœur. Mais ils ne veulent pas en faire tout un plat. Il y aura juste une petite cérémonie à la mairie...*

Et ça continue comme ça jusqu'à la fin. Mais je préfère m'arrêter là tellement c'est atroce. En gros, j'ai parlé encore comme une idiote pendant dix minutes tandis que Beverly Bellerieve tentait désespérément de me ramener à la question qu'elle m'avait posée.

Mais apparemment, cela dépassait ses compétences journalistiques. Je délirais, il n'y a pas d'autre mot. C'est peut-être à cause du trac associé – j'ai bien peur de le dire – au sirop à la codéine.

Je dois reconnaître que B.B. a fait tout ce qu'elle pouvait. L'interview se termine sur ces mots :

EXT. Thompson Street, Soho.

B.B. : *Ce n'est ni une sportive ni une pom-pom girl. Ce qu'est Amelia Mignonette Thermopolis Renaldo, mesdames et messieurs, défie tous les stéréotypes qui existent aujourd'hui dans les établissements scolaires. Mia est une princesse. Une princesse américaine. Pourtant, elle est confrontée aux mêmes problèmes et aux mêmes pressions que n'importe quel adolescent de ce pays... à une différence près : un jour, elle sera à la tête d'une principauté. Et au printemps prochain, elle aura un petit frère ou une petite sœur. En effet,* Twenty-Four/Seven *a appris que Helen Thermopolis et le professeur de mathématiques de Mia, Frank Gianini – qui ne sont pas mariés – attendent pour le mois de mai un heureux événement. Quant à moi, je vous donne rendez-vous le mois prochain pour une interview exclusive du père de Mia, le prince de Genovia.*

Conclusion : je vais devoir déménager à Genovia.

Ma mère, qui avait fini par sortir de la salle de bains, et Mr. G. ont essayé de me convaincre que ce n'était pas aussi catastrophique que ça.

Je sais bien qu'ils cherchaient uniquement à me rassurer. J'ai été lamentable.

Et j'ai su que ça allait être ma fête dès que le téléphone a sonné à la fin de l'émission.

Mais juste avant que je décroche, ma mère s'est écriée : « Ne réponds pas ! À tous les coups, c'est ma mère ! Frank, j'ai oublié de lui parler de nous ! »

J'espérais bien, justement, que ce soit Grand-Mère Thermopolis. Grand-Mère Thermopolis aurait été tellement plus facile à gérer que la personne qui se trouvait au bout du fil. À savoir Lilly.

Elle était folle de rage.

« Qu'est-ce qui te prend de nous traiter de mutantes ?

— De quoi tu parles, Lilly ? j'ai répondu. Je n'ai jamais dit que tu étais une mutante.

— Tu as pratiquement informé la nation entière que la population du lycée Albert-Einstein se divisait en différents clans socio-économiques et que tes amies et toi n'étiez pas assez cool pour en faire partie !

— Eh bien... c'est vrai, non ? j'ai fait remarquer.

— Parle pour toi ! a recommencé à crier Lilly au bout du fil. Et qu'est-ce que tu es allée raconter sur l'étude dirigée ?

— Comment ça, l'étude dirigée ? j'ai répété.

— Tu as pratiquement dénoncé Mrs. Hill. Tu es débile ou quoi ? Elle risque de se faire virer à cause de toi ! »

J'ai eu l'impression de recevoir un coup de poing dans le ventre.

J'ai dit : « Tu crois ? »

Lilly a alors poussé un long hurlement de frustration puis a lâché d'une voix hargneuse : « Mes parents me disent de souhaiter *mazel tov* à ta mère. »

Et elle a raccroché brusquement.

C'était affreux. Pauvre Mrs. Hill !

Cinq secondes après, le téléphone a sonné à nouveau. C'était Shameeka.

« Mia, a-t-elle dit, tu te rappelles que je t'avais parlé d'une fête vendredi soir pour Halloween ?

— Oui, j'ai répondu.

— Eh bien, mon père ne veut plus que je la fasse.

— *Quoi ?* Mais pourquoi ?

— Parce que grâce à toi il est persuadé que tous les élèves d'Albert-Einstein sont soit des drogués soit des alcooliques.

— Mais ce n'est pas ce que j'ai dit ! » je me suis défendue. Enfin, pas vraiment dans ces termes.

Shameeka a continué : « En tout cas, c'est ce qu'il a entendu, lui. Il est en train de surfer sur le Net à la recherche d'un internat pour filles dans le New Hampshire où il pourrait m'envoyer dès le mois prochain. Et il m'a défendu de sortir avec un garçon avant trente ans. »

J'ai dit tout doucement : « Shameeka, je suis désolée. » Mais Shameeka ne m'a pas entendue. Elle avait déjà raccroché. Elle sanglotait trop pour pouvoir parler.

Quand le téléphone a sonné pour la troisième fois, je n'ai pas voulu décrocher. Mais je n'avais pas vraiment le choix : Mr. Gianini était occupé à soulever les cheveux de ma mère qui avait une fois de plus la tête dans la cuvette des W.-C.

J'ai dit prudemment : « Allô ? »

C'était Tina Hakim Baba. Elle s'est écriée : « Mia ! »

Je ne lui ai même pas laissé le temps de parler et j'ai dit : « Je suis désolée, Tina. » J'avais décidé de prendre les devants et de m'excuser chaque fois que quelqu'un appellerait.

Tina a répété : « Désolée ? Mais pourquoi ? » J'entendais presque son cœur battre quand elle s'est exclamée : « Tu as parlé de moi à la télé !

— Oui... je sais », j'ai répondu. Et je l'avais aussi traitée de mutante. Je lui ai demandé : « Et tu... tu ne m'en veux pas ?

— Pourquoi est-ce que je t'en voudrais ? a fait Tina. C'est le plus beau jour de ma vie ! On n'a jamais parlé de moi à la télévision, tu te rends compte ! »

Même si ce qu'a dit Tina m'a fait chaud au cœur, je lui ai demandé d'une petite voix : « Et tes parents ? Ils ont regardé l'interview aussi ? »

Tina a répondu : « Oui. Et ils sont super contents. Ma mère me dit de te dire que l'ombre à paupières bleue était un trait de génie. Pas trop, juste un soupçon pour capter la lumière. Elle était très impressionnée. Elle m'a dit aussi qu'elle connaissait une crème très efficace contre les vergetures, pour ta mère. Elle la fait venir de Suède. Tu sais, pour quand elle aura pris du poids. Je te l'apporterai demain à l'école.

— Et ton père ? j'ai demandé. Il n'envisage pas de t'envoyer dans un pensionnat pour filles ?

— Ça va pas ? Il est ravi que tu aies parlé de mon garde du corps. Grâce à toi, il pense que tous ceux qui prévoyaient de me kidnapper y réfléchiront à deux fois. Oh, on appelle sur l'autre ligne. Ça doit être ma grand-mère, à Dubai. Elle a le satellite. Je suis sûre qu'elle t'a entendue parler de moi. Il faut que je te laisse. À demain ! »

Tina a raccroché. Super. Même les gens à Dubai ont suivi l'interview. Et je ne sais même pas où se trouve Dubai.

La quatrième fois que le téléphone a sonné, c'était Grand-Mère. J'ai à peine décroché qu'elle a dit : « C'était épouvantable, n'est-ce pas ? »

Je lui ai demandé : « Grand-Mère, tu crois qu'il y a un moyen pour que je me rétracte ? Tu sais, quand j'ai parlé des gens de mon école, je ne voulais pas dire que c'étaient tous des drogués ou des obsédés sexuels, tu comprends ? »

Grand-Mère a répondu : « Je me demande à quoi pensait cette femme. »

Je n'en revenais pas ! C'était la première fois que Grand-Mère prenait ma défense. Mais quand j'ai entendu la suite, j'ai compris qu'on ne parlait pas de la même chose. « Dire qu'elle n'a pas montré une seule photo du palais ! s'est lamentée Grand-Mère. Il est magnifique, en automne. Les palmiers sont splendides. Si tu veux mon avis, cette femme est un imposteur. Oui, un imposteur. Est-ce que tu te rends compte de l'occasion promotionnelle qu'on a perdue ?

— Grand-Mère, il faut que tu m'aides, j'ai gémi. Je ne sais pas si je vais être capable de retourner à l'école demain. »

Mais Grand-Mère ne m'a pas entendue et a poursuivi : « Le tourisme a baissé à Genovia depuis qu'on a interdit la baie aux bateaux de croisière. Que veux-tu qu'on fasse de ces touristes d'un jour avec leurs camescopes et leurs horribles bermudas ? Si seulement cette femme avait montré quelques vues du casino ! Et des plages ! Nous sommes les seuls de la Riviera à avoir du sable naturellement blanc ! Est-ce que tu sais tout cela, Amelia ?

— Je pourrais peut-être changer d'école ? j'ai continué de mon côté. Tu crois que je peux trouver une école à Manhattan qui m'accepterait malgré ma moyenne en maths ?

— Tais-toi une seconde, m'a interrompue Grand-Mère avant de s'exclamer : Ils passent un documentaire sur Genovia maintenant. C'est chez nous ! Ils montrent des vues du palais à la télé ! Et là, c'est la plage. Et la baie. Voilà les oliveraies. C'est superbe. Finalement, cette femme a quelques qualités, il faut le reconnaître. Je suppose que je vais devoir accepter que ton père continue de la fréquenter. »

Et elle m'a raccroché au nez. Ma propre grand-mère. Qu'est-ce que j'ai pour que tout le monde me traite de la sorte ?

Je suis allée dans la salle de bains. Ma mère était assise par terre. Elle n'avait pas l'air dans son assiette. Mr. Gianini, lui, était assis sur le rebord de la baignoire. Il donnait l'impression de ne plus savoir très bien où il en était.

Qui peut l'en blâmer ? Il y a deux mois, ce n'était qu'un simple professeur de mathématiques. Et maintenant, il allait être le père du petit frère ou de la petite sœur de la princesse de Genovia.

« Il faut que je me trouve une nouvelle école, je leur ai annoncé. Vous croyez que vous pouvez m'aider, monsieur Gianini ? Peut-être que vous pourriez faire jouer le syndicat des professeurs ? »

Ma mère a levé les yeux et a dit : « Voyons, Mia. Ce n'était pas si affreux que ça.

— Oh, si ! j'ai répondu. Tu ne l'as même pas vu. Tu étais en train de vomir.

— C'est vrai, a concédé ma mère. Mais j'ai entendu. Et ce que tu as dit est vrai, non ? Les gens qui excellent en sport ont toujours été portés aux nues dans notre société, tandis que ceux dont l'intelligence est cérébrale sont ignorés ou, pire, traités comme de pauvres types. À mon avis, les scientifiques qui travaillent sur le cancer devraient toucher le même salaire que les athlètes professionnels qui, eux, ne sauvent pas des vies ! Ils amusent, c'est tout. Et les acteurs, hein ? Ne me dis pas que la comédie est un art. L'enseignement, oui. Voilà un art. Frank devrait gagner ce que gagne Tom Cruise pour vous enseigner comment multiplier des fractions. »

Ma mère devait probablement délirer à cause de la nausée. Du coup, j'ai dit : « Bon. Je crois que je vais aller me coucher. »

Pour toute réponse, ma mère s'est penchée au-dessus de la cuvette des W.-C. et a vomi. Apparemment, malgré mes recommandations sur les risques que présentaient les fruits de mer pour le développement du fœtus, elle avait commandé des crevettes géantes à l'ail chez la Chinoise.

Je suis allée dans ma chambre et je me suis connectée sur Internet pour trouver le site de l'école où le père de Shameeka envisageait d'envoyer sa fille. Je pourrais peut-être m'y inscrire ? Au moins, j'aurais déjà une amie – c'est-à-dire si Shameeka accepte encore de m'adresser la parole après ce que j'ai dit, ce dont je doute. Personne à Albert-Einstein, à l'exception de Tina Hakim Baba, qui manifestement n'était pas sur la même longueur d'ondes que les autres, ne voudrait plus jamais me parler.

Je n'ai pas surfé longtemps. Une petite enveloppe est apparue dans le coin de l'écran pour me signaler que quelqu'un cherchait à me joindre.

Mais qui ? Jo Crox ? Est-ce que c'était Jo Crox ?

J'ai ouvert ma boîte aux lettres électronique.

Non. Ce n'était pas Jo Crox. Mais c'était encore mieux. C'était Michael. Michael, au moins, voulait bien encore me parler.

J'ai imprimé notre conversation et je l'ai collée.

Le cerveau : Salut. Je viens de te voir. Tu étais super.

FtLouie : Qu'est-ce que tu racontes ? Je me suis complètement ridiculisée. Et Mrs. Hill ? Elle risque de se faire renvoyer à cause de moi.

Le cerveau : Au moins, tu as dit la vérité.

FtLouie : Tout le monde m'en veut ! Lilly est folle de rage.

Le cerveau : Elle est jalouse, c'est tout, parce que tu as obtenu une meilleure audience en l'espace de quinze minutes qu'elle avec toutes ses émissions mises bout à bout.

FtLouie : Non, ce n'est pas à cause de ça. Elle pense que j'ai trahi notre génération en révélant qu'il existait des clans bien distincts à Albert-Einstein.

Le cerveau : Oui, mais tu as surtout dit que tu n'appartenais à aucun d'entre eux.

FtLouie : C'est vrai.

Le cerveau : Tu as tout à fait raison, mais Lilly aime se dire que tu appartiens au clan très exclusif et hautement sélectif de Lilly Moscovitz. Et c'est ça qu'elle n'a pas supporté : que tu ne l'aies pas précisé.

FtLouie : Tu crois ? C'est elle qui te l'a dit ?

Le cerveau : Elle ne l'a pas dit, mais c'est ma sœur. Je la connais.

FtLouie : Oui, tu as peut-être raison.

Le cerveau : Hé, ça va ? Tu avais l'air complètement déboussolé aujourd'hui, à l'école... Cela dit, je comprends pourquoi maintenant. C'est super pour ta mère et Mr. Gianini. Tu dois être contente, non ?

FtLouie : Oui, bien sûr, mais c'est quand même un peu gênant. Enfin, au moins, ma mère se marie, cette fois. C'est déjà ça.

Le cerveau : Tu ne vas plus avoir besoin de moi maintenant pour t'aider en maths. Tu auras ton propre répétiteur à la maison.

Je n'avais pas pensé à ça. Mais c'est horrible ! Je ne veux pas de répétiteur privé. Je veux que Michael continue de m'aider. Mr. Gianini est sympa, je ne dis pas le contraire, mais ce n'est pas comme avec Michael.

Du coup, je me suis dépêchée de répondre :

FtLouie : Je ne sais pas. Je crois qu'il va être très occupé pendant un moment, avec le déménagement et ensuite le bébé.

Le cerveau : Un bébé ! Je n'arrive pas à y croire. Pas étonnant que tu fasses une drôle de tête aujourd'hui.
FtLouie : Oui, c'est vrai que je faisais une drôle de tête.
Le cerveau : Sans parler de ce qui s'est passé avec Lana, cet après-midi. Ça n'a pas dû aider. En même temps, c'est drôle qu'elle ait pensé qu'on sortait ensemble, tu ne trouves pas ?

Personnellement, je ne trouve pas. Mais qu'est-ce que j'étais censée répondre ? « Dis-donc, Michael, c'est une idée, qu'est-ce que tu en penses ? »

C'est ça, oui.

À la place, j'ai écrit :

FtLouie : Oh, celle-là, ne m'en parle pas ! Cela ne lui a jamais traversé l'esprit que deux personnes du sexe opposé pouvaient s'apprécier sans qu'il y ait obligatoirement quelque chose de romantique entre eux.

Si je suis honnête, je dois admettre que ce que je ressens pour Michael – surtout quand je suis chez Lilly et qu'il sort de sa chambre torse nu – est très romantique.

Le cerveau : Au fait, qu'est-ce que tu fais vendredi soir ?

Est-ce qu'il me demandait de sortir avec lui ? EST-CE QUE MICHAEL MOSCOVITZ ME

DEMANDAIT ENFIN DE SORTIR AVEC LUI ?

Non, ce n'est pas possible. Pas après m'être autant ridiculisée à la télévision.

Mais par précaution, j'ai tenté une réponse neutre, juste au cas où il voudrait savoir si je pouvais passer pour sortir Pavlov parce que les Moscovitz projetaient de partir en week-end, par exemple.

FtLouie : Je ne sais pas. Pourquoi ?

Le cerveau : Parce que c'est Halloween. Je me disais qu'on pourrait tous se retrouver et aller voir The Rocky Horror Picture Show.

Bon, d'accord. Il ne me proposait pas un tête-à-tête.

Mais on serait assis côte à côte dans une salle obscure ! C'était déjà ça ! Et comme *The Rocky Horror Picture Show* fait peur, si je lui prends brusquement la main, ça passera inaperçu.

FtLouie : Oui, pourquoi pas ? Ça m'a l'air...

Je me suis arrêtée net d'écrire parce que, tout d'un coup, je me suis souvenue que vendredi soir, c'était Halloween, d'accord, mais c'était aussi le soir du mariage de ma mère. Enfin, si Grand-Mère parvenait à ses fins.

FtLouie : Excuse-moi, il faut que je te laisse. On en reparle. Mais je me demande si je n'ai pas une obligation familiale vendredi soir.
Le cerveau : Pas de problème. Préviens-moi dès que tu le sais. En attendant, à demain.
FtLouie : Oui, à demain. Tu ne peux pas savoir comme j'ai hâte d'aller à l'école.
Le cerveau : Ne te bile pas. Tu n'as fait que dire la vérité. Et on n'a jamais d'ennuis quand on dit la vérité.

Ha ! S'il savait.

Pourquoi c'est génial d'être amoureuse du frère de sa meilleure amie :

1. On peut le voir à l'extérieur de l'école, dans son environnement naturel, ce qui permet de faire la différence entre la personnalité qu'il affiche « en public » et sa vraie nature.
2. On peut le voir torse nu.
3. On peut le voir tout le temps.
4. On peut voir comment il traite sa mère/sœur/femme de ménage (très important pour savoir comment il traitera sa future petite amie).
5. On peut s'amuser avec sa meilleure amie et espionner en même temps l'objet de son affection.

Pourquoi c'est nul d'être amoureuse du frère de sa meilleure amie :

1. On ne peut pas le lui dire à elle.
2. On ne peut pas le lui dire à lui, parce qu'il risque de le lui répéter.
3. On ne peut le dire à personne parce que les autres risquent de le lui répéter à lui, ou pire, à elle.
4. Il n'avouera jamais ses vrais sentiments parce qu'on est la meilleure amie de sa sœur.
5. On se retrouve tout le temps en sa présence, par conséquent, pour lui, on n'est et on ne sera toute la vie que la meilleure amie de sa sœur, un point c'est tout, et on a beau soupirer après lui au point que toutes les fibres de son corps l'appellent, ça ne sert à rien, et on pense qu'on va finir par mourir même si les profs de biologie disent que c'est physiologiquement impossible de mourir parce qu'on a le cœur brisé.

Mardi 28 octobre, dans le bureau de la principale

C'est incroyable ! Une demi-heure à peine après être arrivée à l'école aujourd'hui, j'ai été convoquée chez la principale !

Je pensais – en fait, j'espérais – qu'elle voulait vérifier que je n'avais pas de sirop à la codéine sur moi, mais si j'ai bien compris, la principale veut me voir à cause de ce que j'ai dit hier à la télé. Sur l'histoire des clans qui sévissaient dans son établissement.

En attendant, tous les élèves du lycée qui n'ont jamais été invités à une fête branchée ont pris mon parti. Jamais je n'aurais cru que l'interview aurait cet effet. Dès que le clan des danseurs de hip-hop, le clan des intellos et le clan des théâtreux m'ont vue, ils m'ont tous dit : « Salut, *sister*. C'est cool, ce que tu as dit, yeah ! »

Personne ne m'a jamais appelée *sister*. Ça m'a filé la pêche, je dois dire.

Seules les pom-pom girls m'ont réservé leur traitement habituel. Quand j'ai traversé le hall, elles m'ont observée des pieds à la tête puis ont parlé tout doucement entre elles avant d'éclater de rire.

Sinon, parmi mes amies, il n'y a que Lilly et Shameeka, bien sûr, qui n'ont pas l'air particulièrement emballées par mes performances de la veille. Lilly m'en veut toujours d'avoir vendu la mèche à propos de la division socio-économique qui sévit au sein de notre lycée. Mais pas suffisamment pour refuser que je la dépose au bahut en limousine.

En tout cas, et ce n'est pas moi qui vais m'en plaindre, le fait que Lilly me batte froid nous a rapprochés, Michael et moi. Ce matin, pendant le trajet jusqu'à l'école, Michael m'a proposé de jeter un coup d'œil à mes exos de maths et de vérifier que mes équations étaient justes.

J'ai été super touchée par sa proposition et quand il m'a dit que je n'avais fait aucune erreur, ça m'a fait tout chaud au ventre. Non pas parce que j'étais fière mais parce que sa main a effleuré la mienne au moment où il me rendait mon cahier.

Est-ce que Michael est Jo Crox ? J'aimerais tellement que ce soit lui !

Oh, oh... La principale est arrivée.

Mardi 28 octobre, pendant le cours de maths

Je crois que la principale se fait du souci pour ma santé mentale. Quand je suis entrée dans son bureau, la première chose qu'elle m'a dite, c'est : « Mia, es-tu vraiment aussi malheureuse que ça à Albert-Einstein ? »

Comme je ne voulais pas la vexer, j'ai répondu que non. La vérité, en fait, c'est que peu importe l'école : je serai toujours une mutante de 1,75 m sans poitrine et avec de grands pieds.

La principale a alors dit un truc qui m'a étonnée. Elle a ajouté : « Je te pose la question parce que, pendant ton interview, tu as laissé entendre que tu souffrais d'être anonyme. »

Comme je ne voyais pas très bien où elle voulait en venir, j'ai haussé les épaules et j'ai répondu : « Eh bien, c'est un peu vrai.

— Je ne suis pas d'accord, a dit la principale. Tout le monde sait qui tu es. »

Comme je n'avais toujours pas particulièrement envie qu'elle culpabilise, du genre qu'elle pense que c'était sa faute si j'étais une variété biologique anormale, je lui ai expliqué très doucement : « Oui, mais seulement parce que je suis princesse. Avant, je passais plutôt inaperçue. »

Ça ne l'a apparemment pas convaincue parce qu'elle a répété :

« Je ne suis toujours pas d'accord. »

J'ai failli lui dire : *Qu'est-ce que vous en savez, d'abord ? Vous ne sortez jamais de votre bureau.* Mais j'ai senti que ça ne servirait à rien. La principale vit manifestement dans le monde imaginaire des principales.

À ce moment-là, elle a dit : « Peut-être que tu n'aurais pas l'impression d'être exclue si tu prenais part à plus d'activités extra-scolaires, tu ne crois pas ? »

Je ne pouvais pas la laisser dire ça.

« Excusez-moi, madame la principale, je me suis presque exclamée, mais vous semblez oublier que je passe tout mon temps libre en cours de rattrapage avec Mr. Gianini, parce que je n'ai pas la moyenne en maths.

— Je suis au courant.

— Et après, je dois prendre des leçons de princesse avec ma grand-mère pour qu'en décembre, quand j'irai à Genovia pour être présentée au peuple à la tête duquel je me retrouverai un jour, je ne me ridiculise pas comme hier soir à la télé.

— Je ne trouve pas que tu te sois ridiculisée, a fait remarquer la principale.

— Franchement, je n'ai pas le temps, madame la principale », j'ai insisté du coup. Je commençais à me sentir de plus en plus désolée pour elle.

« Et si tu t'inscrivais au club d'athlétisme ? a-t-elle brusquement suggéré. On cherche des volontaires pour la course. L'entraînement ne commence pas avant le printemps. Tu devrais en avoir fini avec tes leçons de princesse à cette date, non ? »

Je l'ai regardée en écarquillant les yeux. *Moi ? Courir ?* Déjà que j'arrive à peine à marcher sans trébucher à cause de mes pieds de géante, qu'est-ce que ce serait si je devais courir ?

À la tête que je faisais, la principale a dû deviner qu'aucune de ses suggestions ne m'emballait vraiment parce qu'elle a ajouté : « Écoute, ce n'était qu'une idée. Quoi qu'il en soit, je pense que tu serais beaucoup plus heureuse ici si tu faisais partie d'un club. Je me demandais aussi si Lilly Moscovitz, avec qui tu es très amie, n'aurait pas une influence négative sur toi. Son émission de télévision est assez caustique. »

Je n'en revenais pas que la principale dise ça. La pauvre ! Il était temps qu'elle sorte de son bureau.

« Pas du tout, j'ai corrigé. L'émission de Lilly est au contraire très positive. Vous avez vu l'épisode consacré à la lutte contre le racisme chez les traiteurs chinois ? Ou celui sur les magasins de vêtements pour adolescents qui n'ont aucun modèle en taille 44 parce qu'ils ne supportent pas les filles un peu enveloppées, même si le 44 est la taille standard de l'Américaine moyenne ? »

La principale a levé la main et a dit : « Je vois que cette émission te plaît et j'en suis ravie. Cela prouve au moins que tu peux te mobiliser pour autre chose que pour ton antipathie à l'égard des sportifs ou des pom-pom girls, Mia. »

Elle me faisait carrément pitié. « Je n'ai pas particulièrement d'antipathie à leur égard, madame la principale. C'est juste que parfois... j'ai l'impression que ce sont eux qui font la loi à l'école.

— Eh bien, je peux t'assurer qu'il n'en est rien », a déclaré la principale.

Si elle savait, la pauvre...

En même temps, je me suis dit que c'était l'occasion ou jamais de forcer la porte du monde dans lequel elle vivait.

« Au fait..., j'ai commencé prudemment, au sujet de Mrs. Hill.

— Oui ? a fait la principale.

— Je ne voulais pas lui porter préjudice quand j'ai dit qu'elle allait souvent fumer une cigarette dans la salle des profs. J'exagérais... »

La principale m'a souri d'un air crispé et a répondu : « Ne t'inquiète pas, Mia. Nous nous sommes occupés d'elle. »

Occupés d'elle ? Qu'est-ce qu'elle entend par là ?

Mardi 28 octobre, pendant l'étude dirigée

Mrs. Hill n'a pas été renvoyée. C'est déjà ça.

Je suppose qu'ils lui ont seulement donné un avertissement. Résultat, elle est assise en ce moment même à son bureau et elle va y rester pendant toute l'heure.

Ce qui signifie qu'on doit, nous aussi, rester assis à nos tables et faire nos devoirs. Et qu'on ne peut plus enfermer Boris dans le placard. Non. On doit l'écouter jouer.

Du Bartók.

On ne peut plus parler entre nous, non plus, puisqu'on est censés travailler.

Tout le monde m'en veut, je ne vous dis pas.

Mais je crois que celle qui m'en veut le plus, c'est Lilly.

En fait, j'ai appris qu'elle avait commencé à écrire en cachette un livre sur les clivages socio-économiques qui existent au sein du lycée Albert-Einstein. Incroyable ! Elle ne voulait pas m'en parler, mais Boris a craché le morceau, à table, pendant le déjeuner. Lilly lui a lancé une frite et il s'est retrouvé avec du Ketchup plein son pull.

Je n'en reviens pas que Lilly ait raconté à Boris des trucs qu'elle ne m'a pas dits. Je suis censée être sa meilleure amie. Boris, lui, n'est que son petit copain. Pourquoi elle lui raconte des trucs cool, du genre qu'elle est en train d'écrire un livre, et qu'elle ne me le raconte pas à moi ?

Je l'ai suppliée pour qu'elle me laisse lire le début, mais elle a refusé. Elle était folle de rage. Elle ne voulait même plus s'asseoir à la même table que Boris. Lui, il lui avait pardonné pour le Ketchup, même si son pull est bon pour le pressing.

J'ai insisté pour qu'elle accepte que je lise juste une page. Elle n'a pas voulu non plus. Et quand je lui ai demandé une phrase au moins, ça été pareil.

Michael non plus n'était pas au courant pour le livre. Il l'a appris en même temps que moi. Juste avant que Mrs. Hill arrive, il m'a raconté qu'il avait proposé à Lilly de le publier en ligne, dans *Le Cerveau*, mais il paraît qu'elle lui a répondu d'une voix un peu snob qu'elle préférait un éditeur plus « légitime ».

J'ai demandé à Lilly si elle parlait de moi dans son livre et elle m'a répondu que si on ne lui fichait pas la paix avec ça, elle se jetterait du haut du château d'eau de l'école. Elle exagère, évidemment. On ne peut même plus monter au sommet du château d'eau depuis que des terminales se sont amusés à jeter des têtards à l'intérieur il y a quelques années.

Je n'arrive pas à croire que Lilly écrive un livre et qu'elle ne m'en ait pas parlé ! Je savais qu'elle voulait écrire un livre sur les adolescents dans l'Amérique d'après la Guerre froide. Mais je ne pensais pas qu'elle le commencerait avant l'université.

J'admets pouvoir comprendre qu'on dise à la personne qui a mis sa langue dans votre bouche des choses qu'on ne dirait pas obligatoirement à sa meilleure amie, mais ça me rend dingue que Boris sache des trucs sur Lilly que je ne sais pas. Moi, je dis tout à Lilly.

Bon d'accord, je ne lui ai jamais dit ce que j'éprouvais pour son frère.

Ni que j'avais un admirateur secret.

Je ne lui avais pas parlé non plus de maman et de Mr. Gianini.

Mais sinon, je lui dis tout le reste.

À faire :

1. Cesser de penser à M.M.
2. Tenir le journal pour Mrs. Spears. Un moment fort !
3. Acheter croquettes pour Fat Louie, cotons-tiges, dentifrice, PAPIER TOILETTE.

Mardi 28 octobre, pendant le cours de bio

Qu'est-ce qui se passe ? Je me suis fait de nouveaux amis aujourd'hui. Kenny, par exemple. Il vient de me demander si j'avais des projets pour Halloween. Je lui ai répondu que je risquais d'être coincée une partie de la soirée à cause d'un dîner de famille et il m'a dit que si je pouvais me libérer, ça lui ferait plaisir que je l'accompagne, lui et une bande de copains du Club informatique, voir *The Rocky Horror Picture Show*.

Je lui ai demandé si Michael Moscovitz faisait partie de sa bande de copains, parce que Michael est le trésorier du club, et il m'a dit oui.

J'ai failli lui demander alors s'il avait entendu Michael dire qu'il m'aimait bien, mais juste comme ça, et puis finalement, j'y ai renoncé.

Kenny pourrait penser que je l'aime bien. Michael, je veux dire. J'aurais l'air trop ridicule.

Ode à M.

Oh, M.
Ne vois-tu pas
que x = toi
et y = moi ?
Et que
toi et moi
= l'extase,
et qu'ensemble
notre bonheur serait ∞

Mardi 28 octobre, 6 heures du soir, entre chez Grand-Mère et la maison

Avec toutes ces histoires liées à mon interview, j'avais complètement oublié Grand-Mère et Vigo.

Je ne rigole pas. Vigo et ses pointes d'asperge m'étaient complètement sortis de l'esprit jusqu'à ce que j'arrive chez Grand-Mère pour ma leçon de princesse et que je tombe sur une foule de personnes qui allaient et venaient, frénétiquement. L'une hurlait dans le téléphone : « Non, je vous ai dit quatre mille roses avec une tige de cinquante centimètres, pas quatre cents ! » Une autre notait le nom des invités sur des cartons.

Grand-Mère était assise au milieu de la pièce et goûtait des truffes au chocolat.

« Non », elle a dit en remettant une des truffes toute gluante et à moitié mangée dans la boîte que Vigo lui présentait. « Pas celles-ci. Les cerises sont d'un vulgaire ! »

Je n'en revenais tellement pas que je me suis presque mise à hyperventiler comme Grand-Mère quand elle a appris que maman était enceinte. J'ai réussi à lui demander : « Grand-Mère ? Qu'est-ce que tu fais ? Et qui sont tous ces gens ? »

Grand-Mère a levé les yeux vers moi. Elle avait l'air ravie de me voir. « Ah, Mia. Formidable ! Assieds-toi. Tu vas m'aider à choisir quelles truffes mettre dans les petites pochettes qu'on va offrir aux invités.

— Aux invités ? » j'ai répété avant de m'effondrer dans le fauteuil que Vigo avait rapproché pour moi et de laisser tomber mon sac à dos par terre. « Grand-Mère, je te l'ai dit. Maman n'acceptera jamais. Ce n'est pas du tout ce qu'elle avait prévu pour son mariage. »

Grand-Mère s'est contentée de secouer la tête et a répondu : « Les femmes enceintes ne sont pas les créatures les plus rationnelles qui soient. »

Je lui ai alors fait remarquer que s'il est vrai que le déséquilibre hormonal des femmes enceintes est souvent à l'origine des petits désagréments qui surviennent au cours de leur grossesse, je ne voyais pas pourquoi ces déséquilibres modifieraient d'une façon ou d'une autre les sentiments de ma mère sur le mariage – d'autant plus que je savais qu'elle penserait la même chose si elle n'était pas enceinte. Ma mère n'est pas du genre à apprécier les cérémonies princières. Ce n'est pas pour rien qu'elle continue à se faire une soirée poker-margherita avec ses copines d'université une fois par mois.

Vigo a attendu que je finisse et a dit : « C'est la mère de la future souveraine de Genovia, Votre Altesse, et en tant que telle, elle est en droit de jouir de tous les privilèges que le palais peut lui offrir.

— Et si vous lui offriez le privilège d'organiser toute seule son mariage ? » ai-je suggéré.

Grand-Mère a éclaté de rire. Elle s'est pratiquement étouffée en buvant la lampée de Sidecar qu'elle prenait après chaque bouchée de truffe pour se nettoyer le palais.

« Amelia, elle a dit une fois remise, je suis persuadée que ta mère nous sera éternellement reconnaissante pour tout ce que nous faisons pour elle. Tu verras. »

J'ai compris à ce moment-là qu'il était inutile de

discuter. Je savais ce que je devais faire et je l'ai fait juste après ma leçon de princesse, qui a consisté aujourd'hui à écrire des lettres de remerciement. C'est incroyable le nombre de cadeaux de mariage et d'affaires de bébé que les gens ont commencé à envoyer à ma mère, via le *Plaza*. La suite de Grand-Mère est remplie à craquer de woks électriques, d'appareils à gaufres, de nappes, de chaussons de bébé, de chapeaux de bébé, d'habits de bébé, de couches de bébé, de jouets de bébé, de balançoires de bébé, de tables à langer pour bébé, et de tout ce qui en règle générale, a un rapport avec les bébés. Jamais je n'aurais cru qu'il fallait autant de matériel pour élever un enfant. Mais j'ai comme la sensation que ma mère ne va pas s'en servir. Elle n'est pas très branchée par les couleurs pastel.

Bref, dès que Grand-Mère m'a laissée partir, je suis allée frapper à la porte de la suite qu'occupe mon père au *Plaza*.

Il n'y avait personne. Quand j'ai demandé à la dame qui s'occupe des clients à la réception si elle savait où il était, elle m'a répondu qu'elle n'en avait aucune idée. La seule chose dont elle était sûre, c'est que Beverly Bellerieve l'accompagnait quand il était parti.

Je suis très contente que mon père ait une nouvelle petite amie, mais, hé, ho ! il ne pourrait pas se soucier un peu plus de la bombe qui est sur le point d'exploser sous son nez ?

Mardi 28 octobre, 10 heures du soir

Et voilà. C'est arrivé. La bombe a explosé. Grâce à Grand-Mère. Mais c'est seulement quand je suis rentrée à la maison et que j'ai vu cette *famille* assise autour de la table que j'ai mesuré l'ampleur des dégâts.

Oui, j'ai bien dit famille, et une famille *complète* en plus. C'est-à-dire avec une mère, un père et un enfant.

Je ne rigole pas. Au début, j'ai pensé que c'étaient des touristes qui s'étaient perdus – on habite un quartier très touristique et peut-être qu'en pensant aller à Washington Square Park, ils avaient fini par suivre le livreur de la Chinoise jusqu'à chez nous.

Mais quand la femme qui portait un jogging rose – la preuve qu'elle n'était pas de New York – m'a regardée et s'est écriée : « Doux Jésus ! Ne me dis pas que tu te coiffes comme ça tous les jours ! Moi qui pensais que c'était juste pour la télé ! », les bras m'en sont tombés.

« *Grand-Mère Thermopolis ?* j'ai dit tout doucement.

— Grand-Mère Thermopolis ? a répété la femme

en plissant les yeux. Il faut croire que cette histoire de princesse t'a monté à la tête ! Tu ne te souviens pas de moi ? Je suis ta mémé, voyons ! »

Mémé ! Ma grand-mère du côté de maman !

Et assise à côté d'elle – deux fois plus petit et avec une casquette de baseball sur la tête –, c'était Pépé, le père de ma mère ! Je n'ai pas pris le temps de chercher qui était l'espèce de balourd en chemise à carreaux et salopette tellement je n'en revenais pas. Qu'est-ce que les parents de ma mère, qui ne sont jamais sortis de Versailles, en Indiana, faisaient ici, chez nous ?

Je n'ai pas tardé à le savoir en allant voir ma mère. Mais pour ça, il a fallu que je suive le fil du téléphone jusque dans sa chambre et ensuite jusque dans son placard, où elle était assise, par terre, derrière son meuble à chaussures (je me demande à quoi il lui sert vu qu'elle n'y range jamais ses chaussures) en train de parler tout bas avec mon père.

« Je me fiche de savoir comment tu vas t'y prendre, Philippe, disait-elle au téléphone quand j'ai ouvert la porte. Mais ta mère est allée trop loin, cette fois. *Mes parents*, Philippe ! *Tu sais ce que je pense de mes parents ?* Si tu ne les fais pas partir d'ici, c'est à la prison de Bellevue que Mia devra me rendre visite. »

Mon père a dû la rassurer à l'autre bout du fil parce qu'elle s'est tue pendant un moment. Quand elle a levé les yeux et qu'elle m'a vue, elle m'a demandé en chuchotant : « Ils sont toujours là ? »

J'ai hoché la tête et puis j'ai dit : « Ce n'est pas toi qui les as invités ? »

Ma mère a ouvert des yeux comme des boules de loto et a répondu : « Certainement pas ! Ta grand-mère les a invités à une espèce de réception délirante qu'elle projette de donner vendredi en l'honneur de notre mariage, à Frank et à moi. »

Oh, oh... Je ne me suis pas sentie très fière de moi, à ce moment-là.

Mais ce que je peux dire pour ma défense, c'est que je me sens un peu dépassée par les événements, depuis quelque temps. C'est vrai, quoi ! J'ai quand même appris que ma mère était enceinte, ensuite je suis tombée malade, après il y a eu toute cette histoire avec l'interview. Sans parler de Jo Crox...

Bon, d'accord. Ce n'est pas vraiment une excuse. Ça doit être encore ma faute, c'est ça, non ?

Ma mère m'a tendu le téléphone et a dit : « Ton père veut te parler. »

J'ai pris le combiné et j'ai tout de suite demandé à mon père où il était.

« Dans la voiture, il m'a répondu. Écoute-moi, Mia. J'ai appelé l'hôtel *SoHo* et j'ai réservé des chambres pour tes grands-parents. Je t'envoie la limousine. Je peux compter sur toi pour qu'ils s'y installent ?

— Oui, papa. Mais dis-moi, c'est quoi cette histoire avec Grand-Mère ? Ce mariage lui a fait perdre la tête ou quoi ? »

C'est le moins qu'on puisse dire !

« Je m'occupe de Grand-Mère », a lancé mon père avec la voix du capitaine Picard, dans *Star Trek : The Next Generation.* Je ne sais pas pourquoi, mais j'ai eu le sentiment que Beverly Bellerieve était avec lui dans la voiture et qu'il cherchait à l'impressionner.

« D'accord, j'ai dit, mais... »

Ce n'est pas que je ne fais pas confiance à mon père ou que je ne le crois pas capable de prendre la situation en main. C'est juste que... eh bien, on parle quand même de Grand-Mère. Elle peut faire peur quand elle le veut. Même à son propre fils, j'en suis sûre.

Je suppose qu'il a dû deviner ce que je pensais parce qu'il a dit : « Ne t'inquiète pas, Mia. Je m'en occupe.

— Très bien », j'ai répondu, un peu honteuse d'avoir douté de lui.

Au moment où je m'apprêtais à raccrocher, il a ajouté : « À propos, Mia...

— Oui ?

— Dis bien à ta mère que je n'étais au courant de rien. Je le jure.

— D'accord, papa. »

J'ai raccroché et j'ai dit à ma mère : « Ne t'inquiète pas. Je me charge de tout. »

J'ai regagné le salon. Mes grands-parents étaient toujours assis autour de la table. Leur copain fermier était passé dans la cuisine et avait le nez dans le frigo.

Il a montré le carton de lait de soja et le bol de pousses de soja sur la première étagère et a dit : « C'est tout ce qu'il y a à manger, là-dedans ? »

J'ai répondu : « Oui. On essaie de veiller à ce que le réfrigérateur ne contienne aucun germe qui pourrait nuire au développement d'un fœtus. »

Quand j'ai vu que le gars ouvrait des yeux ronds, j'ai ajouté : « Généralement, on commande nos repas et on se les fait livrer. »

Son visage s'est alors illuminé. Il a refermé la porte du frigo et s'est exclamé : « J'ai compris ! Vous téléphonez au McDo du quartier ! Génial !

— Oui, si vous voulez. Je suis sûre que vous pourrez passer une commande chez McDo depuis votre chambre d'hôtel.

— *Notre chambre d'hôtel ?* » a répété une voix dans mon dos.

Je me suis retournée. Mémé se tenait juste derrière moi.

« Eh bien, oui, j'ai dit. Mon père pensait que vous seriez mieux à l'hôtel...

— Ça, c'est la meilleure ! s'est exclamée Mémé.

On a fait tout ce chemin pour venir te voir, Pépé, Hank et moi, et tu nous colles à l'hôtel ? »

J'ai observé le gars en salopette. *Hank ?* Comme pour *mon cousin* Hank ?

La dernière fois que je l'avais vu, c'était au cours de mon deuxième – et dernier – passage à Versailles. Je devais avoir une dizaine d'années. Hank avait été abandonné à la ferme Thermopolis l'année d'avant par sa globe-trotteuse de mère – ma tante Marie, que ma mère ne peut pas supporter, essentiellement parce que, dixit ma mère, sa vie est un désert spirituel et intellectuel (ce qui signifie que Marie est de droite).

À l'époque, Hank était un garçon maigrichon et geignard qui faisait une allergie au lait. S'il n'était plus aussi maigrichon, il donnait encore l'impression de ne pas supporter le lactose, si vous voulez mon avis.

Mémé m'a suivie dans la cuisine et, les mains sur les hanches, elle s'est écriée : « Quand cette femme a appelé, la Française, il n'a jamais été question d'aller à l'hôtel ! Elle a dit qu'elle paierait pour tout. Que ça ne nous coûterait pas un rond ! »

J'ai aussitôt compris l'inquiétude de Mémé.

« Bien sûr, Mémé. J'ai oublié de préciser que mon père se chargeait de tout. »

Mémé a souri et a répondu : « Ah, c'est différent, dans ce cas. Alors, allons-y ! »

J'ai pensé qu'il valait mieux que je les accompagne, histoire d'être sûre qu'ils ne se perdent pas en chemin. Dès qu'on est montés dans la limousine, Hank a oublié sa faim tellement ça l'amusait d'appuyer sur tous les boutons qui se trouvaient à portée de sa main. À un moment, il a même passé la tête à travers le toit ouvrant. Puis c'est tout son corps qu'il a passé avant d'écarter les bras et de crier : « Je suis le roi du monde ! »

Heureusement pour moi, les vitres de la limousine sont teintées. Ce qui fait que personne de Albert-Einstein n'a pu me reconnaître. N'empêche, j'étais assez mal.

Vous comprendrez pourquoi, après que je les ai déposés à leur hôtel et que je me suis occupée de tout, j'ai failli tomber dans les pommes quand Mémé m'a demandé si je voulais bien que Hank m'accompagne au lycée le lendemain.

« Tu ne veux quand même pas aller au bahut avec moi, Hank ? j'ai dit à toute vitesse. Attends, tu es en vacances. Il y a des tas de trucs drôles à faire, ici. » J'ai essayé de penser à ce qui pourrait être drôle pour Hank. « Tu pourrais aller au *Harley-Davidson Café*, par exemple. »

Mais Hank a répondu : « Tu rêves ou quoi ? Je préfère aller au lycée avec toi, Mia. J'ai toujours voulu savoir comment c'était, une vraie école chic de New York. » Il a baissé la voix pour que Pépé et Mémé Thermopolis n'entendent pas et a ajouté : « Il paraît que toutes les filles ont un piercing au nombril. »

Hank allait être déçu s'il pensait voir des piercings au nombril dans mon école : on porte l'uniforme et on n'a même pas le droit d'attacher les pans de sa chemise, à la Britney Spears.

En attendant, je ne voyais pas comment j'allais me débarrasser de lui. Grand-Mère dit toujours qu'une princesse doit se montrer courtoise. À moi de faire mes preuves.

J'ai dit : « O.K. » Je reconnais que ce n'est pas très courtois. Mais qu'est-ce que je pouvais dire d'autre ?

À ce moment-là, Mémé a fait un truc qui m'a étonnée : elle m'a attrapée et m'a serrée dans ses bras pour me dire au revoir. En fait, je ne sais pas très bien pourquoi ça m'a étonnée. Toutes les grand-mères font ça, bien sûr. Mais comme la grand-mère avec qui je passe le plus de temps, c'est Grand-Mère, je ne m'y attendais pas.

Tout en m'embrassant, Mémé a dit : « Tu es plate comme une planche à repasser, toi ! »

Merci, Mémé, c'est sympa de me le rappeler. Mais est-ce qu'elle était obligée de le hurler dans le hall de l'hôtel ?

« Et quand est-ce que tu vas t'arrêter de grandir ? elle a ajouté. Je parie que tu as dépassé Hank ! »

Ce qui est, malheureusement, exact.

Mémé a ensuite obligé Pépé à me serrer dans ses bras pour me dire au revoir. Si on a l'impression de s'enfoncer quand on se retrouve blotti contre Mémé, avec Pépé, c'est l'inverse. Un vrai sac d'os.

Je dois dire que j'étais quand même assez impressionnée qu'ils aient réussi tous les deux à faire craquer une femme aussi résolue et anticonformiste que ma mère. Parce que si Grand-Mère enfermait mon père dans le donjon du château quand il était petit, il lui en veut aujourd'hui dix fois moins que ma mère en veut à ses parents.

Mais c'est vrai que mon père vit en plein déni et n'a toujours pas résolu son complexe d'Œdipe. Du moins, d'après Lilly.

Quand je suis rentrée, ma mère était passée du placard de sa chambre à son lit, où elle feuilletait des catalogues de vente par correspondance. J'en ai conclu qu'elle allait mieux. Commander des choses par correspondance est l'un de ses hobbies.

« Salut, maman ! » j'ai lancé.

Elle a relevé la tête. Elle avait les yeux tout rouges et le visage bouffi. Une chance que Mr. Gianini ne soit pas là. Parce que s'il l'avait bien regardée à ce moment-là, il aurait peut-être regretté de l'avoir demandée en mariage.

« Oh, Mia, a dit ma mère en me voyant. Approche,

que je te fasse un câlin. C'est affreux, hein ? Quelle mauvaise mère je fais. »

Je me suis assise à côté d'elle, au bord du lit, et j'ai dit : « Mais non, tu n'es pas une mauvaise mère. C'est juste que tu ne te sens pas bien.

— Ce n'est pas ça », a répondu ma mère en reniflant.

Elle avait pleuré, bien sûr. C'est pour cette raison qu'elle avait les yeux rouges et qu'elle n'était pas très belle à voir. « J'ai honte de moi, a-t-elle continué. Mes parents viennent exprès de l'Indiana pour me voir et je les envoie à l'hôtel. »

Pour parler comme ça, elle devait vraiment souffrir d'un déséquilibre hormonal et ne plus être elle-même. Parce que si elle avait toujours été elle-même, elle n'aurait pas hésité une seule seconde à envoyer ses parents à l'hôtel. Il faut dire qu'elle ne leur a jamais pardonné :

a) de ne pas l'avoir soutenue quand elle avait décidé de me garder après avoir découvert qu'elle était enceinte,

b) de ne pas approuver la façon dont elle m'élevait,

c) d'avoir voté George Bush père et ensuite fils.

Déséquilibre hormonal ou pas, ma mère n'a pas besoin de stress supplémentaire. Il faut qu'elle se sente sereine en ce moment. C'est ce que disent tous les livres que j'ai lus sur la grossesse : les neuf mois précédant la naissance de votre enfant doivent être un temps de joie et de célébration.

Ce qui aurait dû être le cas si Grand-Mère n'avait pas tout gâché en se mêlant de ce qui ne la regardait pas.

Il faut arrêter Grand-Mère coûte que coûte.

Et je ne dis pas ça uniquement parce que j'ai très, très envie d'aller voir *The Rocky Horror Picture Show* vendredi soir avec Michael.

Mardi 28 octobre, 11 heures du soir

J'ai reçu un autre mail de Jo Crox !

Voilà ce qu'il m'écrit :

Jo Crox : Chère Mia,
Juste un petit mot pour te dire que je t'ai vue hier soir, à la télé. Tu étais magnifique, comme d'habitude. Je sais qu'il y a certains élèves, au bahut, qui ne sont pas sympas avec toi. Ne les écoute pas. Ils ne savent pas à côté de qui ils passent.
Ton ami.

N'est-ce pas adorable ? Évidemment, je lui ai répondu tout de suite :

FtLouie : Cher ami,
Merci beaucoup. Mais S'IL TE PLAÎT, dis-moi qui tu es. Je te jure que je ne le répèterai à personne !!!!!!!!!!!!!!!!!!!!!!!!!
Mia

Il ne m'a toujours pas répondu, mais à mon avis, vu le nombre de points d'exclamation que j'ai mis, il va être touché par ma sincérité.

Je vais finir par le faire craquer, je le sais.

Journal pour Mrs. Spears

« La vie est une expérience.
Plus on fait d'expériences, mieux c'est. »
(Ralph Waldo Emerson.)

À mon avis, Mr. Emerson parle du fait qu'on ne vit qu'une fois, et donc qu'on a intérêt à en profiter. J'ai vu un film à la télé, quand j'étais malade, qui illustre très bien cette idée. Ça s'appelle *Qui est Julia ?* Dans le film, Mare Winningham joue le rôle de Julia, une femme qui se réveille un jour après un accident. Elle découvre qu'on n'a pas pu récupérer son corps mais que son cerveau a été transplanté dans la tête de quelqu'un d'autre dont le corps fonctionne parfaitement bien, mais pas le cerveau. Comme Julia était mannequin avant et que son cerveau se trouve maintenant dans le corps d'une femme au foyer (celui de Mare Winningham), ça lui fait un choc, ce qu'on peut comprendre. Résultat, elle passe son temps à se taper la tête contre les murs parce qu'elle n'est plus blonde, qu'elle ne mesure plus 1,77 m et ne pèse plus 49,5 kilos.

À la fin, grâce à l'éternelle adoration que lui voue son mari – malgré son nouveau physique ingrat –, Julia comprend qu'il vaut mieux être en vie que ressembler à un mannequin.

Ce film soulève l'inévitable question : Si vous perdez votre corps dans un accident et qu'on transplante votre cerveau dans le corps de quelqu'un d'autre, dans le corps de qui voudriez-vous que ce soit ? Après réflexion, je choisirais le corps de Michelle Kwan, la patineuse sur glace olympique, puisqu'elle est jolie et douée en plus. Et comme tout le monde le sait, c'est très tendance de nos jours d'être asiatique.

Soit Michelle soit Scarlett Johansson, histoire d'avoir des gros seins.

Mercredi 29 octobre, pendant le cours d'anglais

Il y a au moins une chose de sûre : pour faire oublier les idioties qu'on a pu dire la veille à la télé, il n'y a rien de tel que de se faire accompagner au lycée par un garçon comme mon cousin Hank.

Sérieux. Je ne dis pas que les pom-pom girls ont oublié l'affaire *Twenty-Four/Seven* – je sens encore qu'elles me regardent de travers de temps en temps. Mais dès que leur regard se porte au-delà de moi, c'est-à-dire sur Hank, on dirait qu'il se passe quelque chose.

Au début, je n'arrivais pas à comprendre ce que c'était. Je pensais qu'elles étaient tout simplement étonnées de voir un garçon en chemise à carreaux et salopette en plein Manhattan.

Et puis, je me suis rendu compte que ce n'était pas que ça. D'abord, il faut reconnaître que Hank a un côté cow-boy, et qu'il a d'assez beaux cheveux blonds qui retombent sur ses yeux d'un bleu azur.

Mais il y a autre chose. Comme si Hank était bourré de ces phéromones qu'on a étudiées en biologie.

Sauf qu'à moi, elles ne font rien, puisqu'on est de la même famille.

En revanche, dès que les filles de l'école l'ont vu, elles se sont empressées de me demander qui c'était, en lorgnant sur ses biceps qui sont tellement gonflés qu'ils tendent le tissu à carreaux de sa chemise.

Prenez Lana Weinberger, par exemple. Elle était là, près de mon casier, en attendant Josh Richter pour leur rituel matinal de léchage de museau, quand on est arrivés, Hank et moi. Les yeux de Lana se sont arrondis comme deux soucoupes et elle a dit : « C'est qui, ton ami ? », d'une voix que je ne lui avais jamais entendue. Et je connais Lana depuis un paquet d'années.

J'ai répondu : « Ce n'est pas mon ami, c'est mon cousin. »

Lana a regardé Hank droit dans les yeux et elle lui a dit, avec la même voix : « Tu peux être mon ami, si tu veux. »

Hank a eu un grand sourire et a répondu : « Super ! Merci, m'dame ! »

Et ne croyez pas que, pendant le cours de maths, Lana n'a pas cherché à attirer l'attention de Hank. Elle a passé l'heure à balayer ma table avec ses longs cheveux blonds, elle a fait tomber son crayon quatre fois et n'a pas arrêté de croiser et décroiser les jambes. À tel point que Mr. Gianini a fini par dire : « Mademoiselle Weinberger, est-ce que vous auriez besoin d'aller aux toilettes ? » Ça l'a calmée, mais pendant cinq minutes seulement.

Même Miss Molina, la secrétaire de l'école, s'est mise à glousser bizarrement en donnant à Hank son autorisation pour qu'il assiste aux cours.

Mais ce n'est rien comparé à la réaction de Lilly quand elle est montée dans la limousine ce matin. Elle a ouvert la bouche et elle est restée comme ça tellement longtemps que le chewing-gum qu'elle mâchait est tombé par terre. Je ne l'ai jamais vue faire un truc pareil. Généralement, Lilly est plutôt bonne pour garder ce qu'elle mange dans sa bouche.

Moi, je vous le dis tout net : les hormones, c'est quelque chose de très puissant. On ne peut pas lutter contre.

Ce qui expliquerait pourquoi je suis comme je suis par rapport à Michael.

Je veux parler du fait d'être complètement folle de lui.

Thomas Hardy – cœur enterré dans le Wessex, corps à Westminster.

Excusez-moi, mais je trouve ça assez *berk*.

Mercredi 29 octobre, pendant l'étude dirigée

Je n'arrive pas à y croire. Ce n'est pas possible.

Lilly et Hank ont disparu.

Oui, vous avez bien lu : *disparu*.

Personne ne sait où ils sont passés. Boris a pété les plombs. Il n'arrête pas de jouer du Mahler. Même Mrs. Hill reconnaît à présent que l'enfermer dans le placard est la meilleure solution pour ne pas devenir fou. Elle nous a laissés aller chercher en cachette des tapis de gym qu'on a empilés contre la porte du placard dans l'espoir d'étouffer le bruit.

Mais ça ne marche pas.

En même temps, je comprends le désespoir de Boris. Quand on est un génie de la musique et que la fille qu'on embrasse régulièrement avec la langue disparaît avec un type du genre de Hank, il y a de quoi être démoralisé.

J'aurais dû le voir venir. Lilly n'a pas arrêté de flirter pendant le déjeuner. Elle posait des tas de questions à Hank sur sa vie en Indiana. Comme si Hank était la star de son lycée. Ce qu'il n'a pas démenti, bien sûr. Personnellement, je ne pense pas qu'être la star du lycée de Versailles soit le nec plus ultra, mais bon.

Lilly lui a ensuite demandé : « Tu as une petite amie ? »

Hank a rougi et a répondu qu'il en avait une, mais que « Amber » l'avait largué il y a deux semaines pour un type dont le père est le patron du *Planet Hollywood* de la ville. Lilly a fait mine d'être choquée et a déclaré que cette Amber était un cas limite et souffrait visiblement d'un trouble de la personnalité puisqu'elle ne voyait pas que Hank était un être qui s'autoréalisait complètement.

J'étais tellement révoltée par ce que j'entendais

que j'ai failli lâcher mon hamburger végétarien pile au moment où je m'apprêtais à mordre dedans.

Lilly a alors parlé de toutes ces choses fantastiques qu'on peut faire dans une ville comme New York et que Hank devrait découvrir au lieu de rester enfermé ici, avec moi. « Le musée des Transports, par exemple. C'est fascinant. »

Sérieux. Elle a vraiment dit que le musée des Transports était *fascinant. Lilly Moscovitz.*

Je vous le jure, les hormones peuvent être très dangereuses.

Et elle a ajouté : « Le soir de Halloween, il y a un défilé dans Greenwich. Après, on va tous voir *The Rocky Horror Picture Show.* Tu l'as vu ? »

Hank a répondu que non, il ne l'avait pas vu.

J'aurais dû me douter à ce moment qu'il allait se passer quelque chose. La cloche a sonné et Lilly a déclaré qu'elle emmenait Hank à l'auditorium pour lui montrer ce qu'elle avait peint dans le décor de *My Fair Lady* (un lampadaire). Comme c'était l'occasion de stopper, même momentanément, le flot constant des souvenirs que Hank avait gardés de mon dernier passage à Versailles – « Tu te rappelles quand on avait laissé les vélos dans le jardin et que tu pleurais parce que tu avais peur qu'on nous les vole pendant la nuit ? » –, j'ai dit : « D'accord. »

Et c'est la dernière fois qu'on les a vus.

Je m'en veux. Hank est apparemment trop séduisant pour être lâché en ville. J'aurais dû y penser. J'aurais dû me dire qu'un garçon de ferme de l'Indiana, inculte mais terriblement sexy, serait plus attirant qu'un génie de la musique russe, physiquement pas terrible.

À cause de moi, ma meilleure amie a découvert l'infidélité ET l'école buissonnière. C'est la première fois de sa vie que Lilly sèche. Si elle se fait attraper, elle est renvoyée, c'est sûr.

Michael ne m'est pas d'un grand secours. Il n'est même pas du tout inquiet pour sa sœur. En fait, j'ai l'impression qu'il trouve la situation assez drôle. Quand je lui ai dit que Lilly et Hank s'étaient peut-être fait kidnapper par des terroristes libyens, il a carrément éclaté de rire et m'a répondu qu'il y avait bien plus de chances pour qu'ils soient tout simplement devant l'écran d'une salle de cinéma Imax.

Ben voyons. Hank ne supporte pas les effets spéciaux. Il dit que ça le rend malade. En tout cas, c'est ce qu'il nous a raconté ce matin quand on est passés devant le téléphérique qui va à Roosevelt Island.

Qu'est-ce que Mémé et Pépé vont dire quand ils découvriront que j'ai perdu leur petit-fils ?

Les cinq endroits possibles où Lilly et Hank peuvent être :

1. Au musée des Transports.
2. Chez un traiteur en train de manger du corned-beef.
3. Devant le mur des immigrants à Ellis Island en train de se recueillir devant le nom « Dionysius Thermopolis ».
4. À Saint Marks' Place, en train de se faire tatouer.
5. Dans la chambre d'hôtel de Hank, en train de faire l'amour.

OH, NON !

Mercredi 29 octobre,
pendant le cours d'histoire

Toujours pas de nouvelles.

Mercredi 29 octobre,
pendant le cours de bio

Toujours rien.

Devoirs :

Maths : résoudre problèmes 3, 9, 12, p. 147.
Anglais : ne pas oublier le moment fort !!!
Histoire : lire chapitre X.
Français : écrire 5 phrases qui décrivent un paysage.
Bio : demander à Kenny.

Franchement : qui peut se concentrer quand sa meilleure amie et son propre cousin ont disparu dans une ville comme New York ???

Mercredi 29 octobre, pendant le cours de soutien

Lars dit qu'il est peut-être encore un peu trop tôt pour appeler la police. Mr. Gianini est d'accord avec lui. Il dit que Lilly est quelqu'un de raisonnable et que, franchement, ça l'étonnerait qu'elle laisse des terroristes libyens mettre la main sur Hank. Quand je parlais de terroristes libyens, c'était juste un exemple du genre de danger qu'ils peuvent courir, c'est tout. Mais il y a un autre scénario, et celui-là est beaucoup plus grave : Lilly est peut-être tombée follement amoureuse de Hank.

Je ne plaisante pas. Lilly a très bien pu avoir le coup de foudre pour Hank, et Hank pour elle. Ce n'est pas parce que ça paraît bizarre que ça ne peut pas arriver. Après tout, Lilly s'est peut-être rendu compte que Boris est un génie, d'accord, mais qu'il continue de s'habiller de façon ringarde et qu'il est incapable de respirer par le nez. Qui sait si elle n'est pas prête à sacrifier les longues conversations intellectuelles qu'elle a avec lui pour un garçon qui n'a que son physique pour seul atout ?

Quant à Hank, qui sait s'il n'est pas ébloui par la supériorité intellectuelle de Lilly ? Je tiens quand même à rappeler que Lilly a un Q.I. cent fois plus élevé que celui de Hank.

Mais malgré leur attirance réciproque, ne voient-ils pas que leur relation est vouée à l'échec ? C'est vrai, quoi ! Supposons QU'ILS LE FASSENT et qu'en dépit de toutes les publicités sur les M.S.T., ils oublient de prendre des précautions, comme maman et Mr. G. ? Il faudrait qu'ils se marient et alors Lilly serait obligée d'aller vivre en Indiana dans un mobile-home, parce que c'est là que vivent toutes les mères adolescentes. Et elle porterait des robes en tissu synthétique et fumerait des Kool pendant que Hank irait travailler à l'usine de pneus pour 5,5 dollars de l'heure.

Est-ce que je suis la seule à voir où tout cela va

les mener ? Est-ce que les gens sont aveugles ou quoi ?

Mercredi 29 octobre, 7 heures du soir

Ouf ! Ils sont sains et saufs.

Apparemment, Hank est rentré à l'hôtel aux alentours de 5 heures et, d'après Michael, Lilly est arrivée chez elle un tout petit peu avant.

J'aimerais bien savoir où ils étaient pour de vrai, parce que tout ce qu'ils daignent dire, c'est : « On s'est baladés. »

Lilly a même eu le toupet d'ajouter : « Qu'est-ce que tu peux être possessive ! »

Elle est gonflée, quand j'y pense.

De toute façon, je ne vais pas perdre mon temps avec ça. J'ai d'autres soucis, et un peu plus graves, s'il vous plaît. Au moment où je m'apprêtais à entrer dans la suite de Grand-Mère au *Plaza*, mon père est arrivé, l'air énervé.

Il n'y a que deux personnes qui énervent mon père. La première, c'est ma mère. La seconde, c'est sa mère.

Il m'a dit d'une petite voix : « Écoute, Mia, pour le mariage... »

Je l'ai aussitôt interrompu : « J'espère que tu as parlé à Grand-Mère.

— Ta grand-mère a déjà envoyé les invitations, m'a répondu mon père.

— *Quoi ?* » je me suis exclamée.

C'est une catastrophe. UNE CATASTROPHE !

Mon père a dû lire dans mes pensées, parce qu'il a dit : « Mia, ne t'inquiète pas. Je m'en occupe. Laisse-moi faire, d'accord ? »

Mais comment ne pas m'inquiéter ? Mon père est quelqu'un de sincère, je le sais. Mais il s'agit de Grand-Mère. DE GRAND-MÈRE. Personne ne s'affronte à Grand-Mère, pas même le prince de Genovia.

En tout cas, quoi qu'ait pu lui dire mon père, jusqu'à présent, ça n'a apparemment servi à rien. Grand-Mère et Vigo sont plus que jamais à fond dans leurs préparatifs de mariage.

J'étais à peine entrée que Vigo m'a annoncé, très fier de lui : « Nous avons déjà reçu les réponses du maire de New York, de Mr. Donald Trump, de Mrs. Diane von Fürstenberg, de la famille royale de Suède, de Mr. Oscar de la Renta, de Mr. David Hasselhoff et de Miss Martha Stewart. »

Je n'ai rien répondu tellement je pensais à la réaction de ma mère si elle apprenait que David Hasselhoff et Martha Stewart étaient invités à son mariage. Elle prendrait ses jambes à son cou.

« Votre robe est arrivée », m'a ensuite informée Vigo.

Je l'ai regardé et j'ai crié : « Hein ? »

Évidemment, Grand-Mère m'a entendue et elle a tapé si fort dans ses mains que Rommel est allé se cacher sous un fauteuil. Je suis sûre que le malheureux chien a pensé qu'un missile avait explosé.

« Je ne veux plus jamais t'entendre dire *hein* ! s'est-elle exclamée en me foudroyant du regard. Dis : *Je vous demande pardon.* »

À côté de moi, Vigo se retenait pour ne pas sourire. J'ai bien dit : pour ne pas sourire ! Parce que Vigo pense que c'est drôle quand Grand-Mère se met en colère.

Je me suis tournée vers lui et j'ai dit, poliment : « Je vous demande pardon, monsieur Vigo. »

Vigo a aussitôt agité la main et s'est écrié : « Je vous en prie, je vous en prie ! Appelez-moi juste Vigo, et pas monsieur Vigo, Votre Altesse. À présent, répondez-moi. Que pensez-vous de ceci ? »

Et, tel un magicien, il a sorti une robe d'un carton.

Dès que mes yeux se sont posés sur elle, j'ai su que j'étais perdue.

Parce que c'était la plus belle robe que j'aie jamais vue. Elle ressemble à la robe de Glinda, la bonne fée, dans *Le Magicien d'Oz*, mais avec moins de paillettes. Sinon, elle est rose avec un jupon bouffant et elle a des petites rosettes sur les manches.

Jamais je n'avais autant désiré une robe.

Il fallait que je l'essaie. Il le fallait.

Grand-Mère a supervisé les essayages tandis que Vigo tournait autour d'elle en lui proposant régulièrement de lui resservir un Sidecar. En plus de boire son cocktail préféré, Grand-Mère fumait une de ses cigarettes très longues et très fines, ce qui lui donnait l'air plus hautain que d'habitude. Elle n'arrêtait pas de pointer l'extrémité de sa cigarette d'un côté ou de l'autre et de dire : « Non, non, pas comme ça » ou bien : « Pour l'amour de Dieu, Amelia, cesse de te voûter. »

Au bout du compte, on est tous les trois convenus que la robe était trop grande au niveau de la poitrine (ah bon ? c'est curieux) et qu'il fallait faire quelques retouches. Mais Vigo m'a assuré qu'elle serait prête pour vendredi.

C'est en l'entendant dire « vendredi » que je me suis rappelé pour quelle occasion cette robe était prévue.

Quelle sorte de fille je suis ? J'ai honte de moi. Je ne veux pas que cette cérémonie ait lieu. Ma mère, non plus. Alors, pourquoi est-ce que j'essaie une robe que je suis censée porter à une cérémonie dont personne ne veut, sauf Grand-Mère, et qui, si mon père parvient à ses fins, n'aura de toute façon pas lieu ?

Et pourtant, j'ai cru que j'allais éclater en sanglots

quand j'ai dû me changer et la reposer sur le cintre. Si seulement Michael m'avait vue dans cette robe !

Ou même Jo Crox. Ça l'aurait peut-être aidé à surmonter sa timidité, et il m'aurait enfin dit ce qu'il n'a réussi à me dire que par mail... et si, avec un peu de chance, ce n'était pas le garçon au chili, on aurait peut-être même pu sortir ensemble.

Mais il n'y a qu'à un mariage qu'on peut porter une robe pareille. Eh bien, même si je meurs d'envie de la porter, il est hors de question que cette cérémonie ait lieu. Déjà que ma mère est limite, elle risque carrément de sombrer dans la folie si David Hasselhoff figure parmi les invités – et qui sait, s'il se met à chanter.

Pourtant, qu'est-ce que je me sentais princesse dans cette robe !

C'est trop bête, franchement, qu'il n'y ait pas une autre occasion.

Mercredi 29 octobre, 10 heures du soir

J'ai allumé la télé, tout à l'heure, histoire de faire une petite pause avant de me mettre à rédiger mon texte pour le journal de Mrs. Spears quand, en zappant, je suis tombée par hasard sur un épisode de *Lilly ne mâche pas ses mots* que je n'avais pas encore vu. J'ai trouvé ça bizarre, parce que normalement *Lilly ne mâche pas ses mots* passe le vendredi soir.

Et puis, je me suis souvenue que vendredi, c'était Halloween et je me suis dit que c'était peut-être pour ça qu'ils avaient avancé la diffusion de l'émission.

Bref, j'ai commencé à regarder et, très vite, j'ai compris que c'était l'épisode sur notre pyjama-partie, quand toutes les filles se sont mises à raconter qu'elles avaient déjà embrassé un garçon avec la langue et que moi, j'ai jeté une aubergine par la fenêtre. Sauf que Lilly avait coupé toutes les scènes où on voyait ma tête. Du coup, si on ne sait pas que Mia Thermopolis, c'est la fille qui porte un pyjama avec des fraises, personne ne peut me reconnaître.

Tout ça n'était pas très, très intéressant. À moins que des mères ultra-puritaines ne se mettent à crier au scandale en entendant parler de langues qui se mélangent, ce qui est peu probable, vu qu'elles ne doivent pas être très nombreuses dans Manhattan (je parle des mères) et que la chaîne ne diffuse pas au-delà.

À un moment, l'écran est devenu tout noir et quand l'image est revenue, on voyait mon visage en gros plan. Oui, je dis bien MON VISAGE. J'étais couchée par terre avec un oreiller sous la tête et je parlais d'une voix endormie.

Et c'est en me voyant que je me suis rappelé qu'on avait discuté pendant longtemps, Lilly et moi, pendant que les autres dormaient.

Ce que je ne savais pas, c'est que LILLY M'AVAIT FILMÉE PENDANT TOUT CE TEMPS-LÀ !

J'étais donc couchée et je disais : « Ce que j'aimerais vraiment faire, tu vois, c'est ouvrir une maison pour les animaux abandonnés. Une fois, je suis allée à Rome... Il devait bien y avoir quatre-vingts millions de chats qui traînaient autour des monuments. Ils seraient tous morts si des bonnes sœurs ne les avaient pas nourris. C'est pour ça que j'ai envie d'ouvrir un lieu où on s'occuperait de tous les animaux abandonnés de Genovia. Tu sais quoi ? Jamais je n'en ferais piquer un, sauf s'il était très malade. Et je ne recueillerais pas que des chats et des chiens, mais des dauphins aussi, et des ocelots. »

À ce moment-là, la voix de Lilly disait : « Il y a des ocelots à Genovia ? »

Et moi, je répondais : « Je ne sais pas, mais j'aimerais bien. En tout cas, n'importe quel animal qui aurait besoin d'un toit pourrait venir. Peut-être que j'engagerais aussi des dresseurs de chiens d'aveugle. Comme ça, ils pourraient dresser tous les chiens à devenir des chiens d'aveugle, et on les donnerait ensuite gratuitement aux aveugles qui en ont besoin. On pourrait aussi emmener les chats dans les hôpitaux et les hospices pour qu'ils tiennent compagnie aux malades et aux personnes âgées. Il paraît que les gens vont mieux quand ils s'occupent d'une bête. Sauf les gens comme ma grand-mère. Elle déteste les chats. Mais je pourrais leur donner des chiens, à ceux-là. Ou peut-être même un ocelot... »

On entendait alors à nouveau la voix de Lilly, qui me demandait cette fois : « Et c'est la première chose que tu feras quand tu monteras sur le trône de Genovia ? »

Et je répondais en bâillant : « Oui, je crois. Je pourrais peut-être même transformer le casino en refuge pour animaux. Qu'est-ce que tu en penses ? Tous les animaux abandonnés d'Europe pourraient venir. Même les chats de Rome.

— Et tu crois que ta grand-mère sera d'accord ? disait alors Lilly. Ça fera quand même beaucoup de chats autour du palais. »

Et je répondais : « Oh, elle sera morte d'ici là, alors qu'est-ce qu'on en a à faire ? »

Pourvu qu'ils ne captent pas la Chaîne 67 au *Plaza* !

Lilly me demandait ensuite : « Qu'est-ce que tu détestes le plus dans le fait d'être princesse ?

— Ce que je déteste le plus ? Ne plus pouvoir aller m'acheter du lait ou des billets de loterie sans être escortée par un garde du corps. Ne plus pouvoir venir chez toi sans que ce soit toute une histoire. Et puis, ce truc avec mes ongles. C'est vrai, quoi ? Qu'est-ce que les gens en ont à faire que je me ronge ou pas les ongles ? On s'en fiche ! Bref, ce genre de choses. »

Et Lilly continuait : « Est-ce que tu as le trac ? Pour cette cérémonie en décembre où tu seras présentée au peuple de Genovia ? »

Et moi, je répondais : « Non, je n'ai pas vraiment le trac... Je... Je ne sais pas, en fait. Mais imagine que les gens ne m'aiment pas. Comme les dames de compagnie, par exemple. On ne m'aime déjà pas à l'école, alors, avec la chance que j'ai, personne ne va m'apprécier à Genovia.

— C'est faux, disait Lilly. Tout le monde t'aime bien, à l'école. »

Et puis, pile devant la caméra, je m'endormais. Heureusement que je ne me suis pas mise à baver, ou pire, à ronfler. Jamais je n'aurais osé remettre les pieds au lycée.

L'émission se terminait par ces mots, qui s'affichaient sur l'écran : « *Tout ce que vous avez pu entendre ailleurs est faux. Ceci était l'interview authentique de la princesse de Genovia !* »

J'ai éteint la télé et j'ai appelé Lilly pour lui demander des comptes.

Lilly m'a répondu sur le ton supérieur qu'elle peut avoir parfois et qui m'agace profondément : « Je veux juste que les gens connaissent la vraie Mia Thermopolis. »

J'ai hurlé : « C'est faux ! Tu veux juste attirer l'attention d'une chaîne nationale pour leur vendre ton interview ! »

Lilly a crié encore plus fort que moi : « Comment tu peux penser une chose pareille ? »

Elle avait l'air tellement choquée que je l'ai crue.

« Tu aurais quand même pu me prévenir », j'ai dit plus doucement.

Lilly a voulu savoir si j'aurais accepté.

« Peut-être pas, j'ai répondu.

— Tu vois », elle a dit.

Finalement, je crois que je ne passe pas trop pour une pauvre gourde qui ne sait pas tenir sa langue dans l'interview de Lilly. Je passe plutôt pour une allumée qui aime les chats. Je ne sais pas ce qui est pire.

Mais la vérité, c'est que je m'en fiche. Je me demande si ce n'est pas une réaction typique des célébrités. Peut-être qu'au début, elles ne supportent pas qu'on parle d'elles dans la presse et qu'au bout d'un moment, ça ne leur fait plus rien.

Est-ce que Michael a vu l'interview de sa sœur ? Et si oui, qu'est-ce qu'il a pensé de mon pyjama ? Moi, je trouve qu'il me va bien.

Jeudi 30 octobre, pendant le cours d'anglais

Hank n'est pas venu à l'école aujourd'hui. Il a appelé ce matin avant que je parte pour dire qu'il ne se sentait pas très bien. Ça ne m'étonne pas. Hier soir, Mémé et Pépé ont téléphoné pour que je leur dise où manger « un bon morceau de bidoche » dans Manhattan. Comme les restaurants qui servent de la viande, ce n'est pas franchement mon truc, j'ai demandé à Mr. Gianini s'il avait une idée.

Je ne sais pas ce qui lui a pris, mais il a proposé de nous emmener, Mémé, Pépé, Hank et moi, au restaurant, histoire de faire plus ample connaissance avec sa future belle-famille.

Ma mère a essayé de l'en dissuader mais quand elle a vu que ça ne servait à rien, elle s'est levée de son lit, s'est mis du mascara et du rouge à lèvres, a enfilé une robe et nous a accompagnés. Je suis sûre qu'elle est venue juste pour surveiller que Mémé ne raconte pas à Mr. G. que sa fille finissait systématiquement dans les champs quand elle apprenait à conduire.

Au restaurant, j'ai constaté que, malgré le risque accru de maladies cardiaques et de cancer dus aux graisses saturées et au cholestérol – ça a été scientifiquement prouvé –, mon futur beau-père, mon cousin et mes grands-parents maternels – sans parler de Lars, qui semble adorer la viande, et de ma mère, qui s'est jetée sur son steak comme Rosemary sur le morceau de viande crue dans *Rosemary's Baby* (je n'ai pas vu le film mais on m'a raconté la scène) –, ont ingurgité l'équivalent d'une vache entière.

Ça m'a fait beaucoup de peine et j'ai voulu leur faire remarquer à quel point c'était inutile et malsain de manger des aliments qui étaient autrefois vivants et qui se promenaient dans la nature, mais je me suis rappelé mes cours de princesse. Je me suis abstenue de tout commentaire et je me suis concentrée sur mon entrée de légumes grillés.

Cela dit, ça ne m'étonne pas que Hank soit patraque aujourd'hui. Toute cette viande rouge doit peser en ce moment, mal digérée, derrière ses abdos en tablette de chocolat (quand je parle de la tablette de chocolat de Hank, c'est juste une supposition parce que je n'ai évidemment jamais vu ses abdos).

Ce qui est curieux, c'est que le repas d'hier soir est le seul que ma mère a réussi à garder. Ce bébé n'est manifestement pas végétarien.

En tout cas, l'absence de Hank, aujourd'hui, à Albert-Einstein, a déçu tout le monde. Même Miss Molina avait l'air triste.

Son absence m'a valu aussi de subir de nouveau les railleries des pom-pom girls. Lana Weinberger a recommencé à me provoquer. Elle a tiré sur la bretelle de mon soutien-gorge et m'a dit de sa voix pointue : « Pourquoi tu portes un soutien-gorge ? Tu n'en as pas besoin ! »

J'aimerais tellement vivre dans un endroit où les gens se respectent les uns les autres ! Genovia peut-être ? Ou alors la station orbitale construite par les Russes qui est en train de se désagréger au-dessus de nos têtes ?

Il n'y a qu'une seule personne qui ne pleurait pas l'absence de Hank, au lycée, ce matin. C'était Boris Pelkowski. Dès qu'il a vu qu'il ne m'accompagnait pas, il a demandé : « Il est où, *Honk* ? » À cause de son accent russe, c'est comme ça qu'il prononce Hank.

Quand je lui ai répondu : « Honk, je veux dire Hank, est malade », il a carrément eu un sourire béat. Je n'exagère pas. Boris m'énerve parfois avec son côté chien fidèle dévoué à sa maîtresse, mais c'est parce que je suis jalouse que je parle comme ça. Oh, si seulement je connaissais un garçon qui m'écouterait quand je lui confierais mes plus profondes pensées. Un garçon qui m'embrasserait avec la langue. Qui serait jaloux quand je passerais du temps avec un autre garçon, même aussi bête que Hank.

Mais on n'a pas toujours ce qu'on veut, n'est-ce pas ? Par exemple, moi, je vais avoir un petit frère ou une petite sœur, et un beau-père qui peut parler des équations pendant des heures et qui emménage demain avec son flipper.

Ah oui, et je vais aussi avoir le droit de gouverner un pays, un jour.

Super.

Vous savez quoi ? J'aurais préféré avoir un amoureux.

Jeudi 30 octobre, pendant le cours d'histoire

À faire avant que Mr. G. emménage :

Passer aspirateur.

Nettoyer litière.

Déposer linge au pressing.

Trier journaux, en particulier ceux de maman qui mentionnent le mot « orgasme » en couverture. Très important !!!

Enlever de la salle de bains tout ce qui concerne l'hygiène intime de la femme.

Nettoyer salon et faire de la place pour le flipper et la T.V. grand écran.

Vérifier contenu de l'armoire à pharmacie et cacher les crèmes dépilatoires. Très important !!!

Retirer *Connaître son corps* et *Les Joies de la sexualité* de la bibliothèque.

Appeler type du câble. Demander une chaîne sur le sport et annuler chaîne Romance.

Demander à maman de ne plus accrocher ses soutiens-gorge aux poignées de porte.

Ne plus ronger mes faux ongles.

Cesser de penser autant à M.M.

Mettre serrure à la porte de la salle de bains.

Acheter P.Q. !!!

Jeudi 30 octobre, pendant l'étude dirigée

Je n'arrive pas à y croire.

Ils ont remis ça.

Hank et Lilly ont ENCORE disparu !

C'est Lars qui me l'a annoncé, pour Hank. Il a reçu un appel de ma mère sur son téléphone portable. Il paraît que maman était très embêtée. Sa mère venait de l'appeler à son atelier et hurlait comme une folle parce que Hank n'était pas dans sa chambre d'hôtel. Maman voulait savoir si Hank était avec moi.

Autant que je sache, il n'est pas avec moi.

Quant à Lilly, elle a disparu juste avant la cantine.

Elle n'a même pas cherché à être discrète, en

plus. On était en gym et au moment où la prof lui a demandé de grimper à la corde, Lilly s'est plainte d'avoir une crampe à la jambe.

Comme Lilly se plaint systématiquement d'avoir une crampe quand elle doit grimper à la corde, je n'y ai pas prêté attention. Mrs. Potts, la prof, l'a envoyée à l'infirmerie et j'ai pensé que je la retrouverais au réfectoire, miraculeusement guérie.

Mais je ne l'ai pas retrouvée. Une petite visite à l'infirmière m'a appris que Lilly souffrait tellement qu'elle était rentrée chez elle pour le restant de la journée.

Ben voyons. Lilly n'a pas de crampe. Ce qu'elle a, c'est plutôt le béguin pour mon cousin.

Combien de temps on va pouvoir le cacher à Boris ? Voilà le problème. Comme personne n'a envie de se retaper Mahler au violon, on fait tous attention à ne pas relever la coïncidence entre le départ précipité de Lilly et l'absence de Hank.

Michael essaie même d'occuper Boris avec un jeu d'ordinateur qu'il a inventé. Ça s'appelle *Décapitez les Backstreet Boys*. Le jeu consiste à lancer des couteaux, des haches et toutes sortes d'armes sur des membres des Backstreet Boys. Pour passer au monde supérieur, il faut trancher le maximum de têtes. À la fin, on a le droit de graver ses initiales sur le torse nu de Ricky Martin.

Je n'en reviens pas que le prof d'informatique n'ait mis que B à Michael pour ce jeu. Apparemment, il ne trouve pas le jeu suffisamment violent pour être commercialisable.

Mrs. Hill nous laisse parler entre nous aujourd'hui. Je sais que c'est parce qu'elle a trop peur de devoir écouter Boris jouer Mahler, ou pire, Wagner. Je suis allée la voir, hier, après les cours, pour m'excuser d'avoir dit devant les caméras qu'elle était tout le temps fourrée dans la salle des profs, même si c'est la pure vérité. Elle m'a répondu que ce n'était pas grave. À tous les coups, elle a dit ça parce que le lendemain de l'interview, mon père lui a fait livrer un lecteur de D.V.D. et un énorme bouquet de fleurs. Depuis, elle est super gentille avec moi.

J'avoue que j'ai un peu de mal à digérer cette histoire entre Lilly et Hank. Jamais je n'aurais pensé que Lilly serait un jour esclave de l'amour. Elle ne peut quand même pas être amoureuse de Hank. D'accord, il est sympa et bien foutu, mais soyons réalistes, il n'a quand même pas inventé le fil à couper le beurre !

Lilly, en revanche, appartient à l'association Mensa – du moins, elle le pourrait si elle ne pensait pas que c'est affreusement bourgeois de faire partie d'un club de gens au Q.I. particulièrement élevé. En plus, ce n'est pas franchement ce qu'on appelle une Vénus. Moi, je la trouve jolie, mais d'après les critères actuels de la beauté, elle ne serait même pas sélectionnée s'il y avait un concours. Elle est beaucoup plus petite que moi, elle a un côté un peu trapu et a la figure tout écrabouillée. Bref, ce n'est pas vraiment le genre de fille qui, selon moi, aurait attiré Hank.

Alors qu'est-ce qu'une fille comme Lilly et un garçon comme Hank ont en commun ?

Surtout, ne me répondez pas.

Devoirs :

Maths : problèmes 1-5, 7, p. 123.

Anglais : raconter dans son journal une journée de sa vie. Ne pas oublier le moment fort.

Histoire : répondre aux questions fin du chapitre X.

Étude dirigée : apporter 1 dollar lundi pour boules Quiès.

Français : décrire une personne en 30 mots minimum.

Biologie : Kenny m'a dit de ne pas m'inquiéter, il le ferait à ma place.

Jeudi 30 octobre, dans la limousine de retour à la maison

J'ai eu droit à un autre choc, et de taille celui-là. Si ma vie continue comme ça, je crois que je vais finir par solliciter les conseils d'un psy.

Quand je suis allée retrouver Grand-Mère au *Plaza* pour ma leçon de princesse, qui, à votre avis, était assise dans l'un des canapés roses en train de boire du thé ? Mémé. Oui, vous avez bien lu : Mémé.

« Oh, elle a toujours été comme ça, était-elle en train de dire. Têtue comme une mule. »

Comme j'étais persuadée qu'elle parlait de moi, j'ai jeté mon sac à dos par terre et j'ai protesté : « C'est pas vrai ! »

Grand-Mère était assise en face de Mémé, une tasse dans une main, une soucoupe dans l'autre. En arrière-plan, Vigo allait et venait en parlant au téléphone. Il disait des trucs comme : « Non, les fleurs d'oranger, c'est pour le repas de noces, et les roses sont pour le milieu de table », ou encore « Bien sûr que les côtelettes d'agneau doivent être servies à l'apéritif. »

Grand-Mère a tourné la tête dans ma direction et s'est écriée : « Est-ce là des façons d'entrer dans une pièce ! Une princesse n'interrompt jamais ses aînés et ne jette pas ses affaires par terre ! Approche et dis-moi bonjour correctement. »

Je me suis approchée et je l'ai embrassée sur les deux joues. Pourtant, je n'en avais pas envie. Je me suis ensuite avancée vers Mémé et j'ai fait la même chose. Mémé a gloussé et s'est exclamée : « J'adore ces manières de l'ancien monde ! »

Puis Grand-Mère a dit : « Assieds-toi, Amelia, et offre à ta grand-mère une madeleine. »

Je me suis assise et, pour montrer que je n'étais pas têtue, j'ai présenté à Mémé l'assiette de madeleines exactement comme Grand-Mère m'avait appris à le faire.

Mémé a gloussé une nouvelle fois et a pris une madeleine. J'ai remarqué qu'elle gardait le petit doigt en l'air.

« Merci, ma chérie, elle a dit.

— Bien, a repris Grand-Mère, où en étions-nous, Shirley ? »

Mémé a répondu : « Je vous disais qu'elle avait toujours été comme ça. Têtue comme une bourrique. Ça ne m'étonne pas qu'elle se rebiffe contre ce mariage. Ça ne me surprend pas du tout. »

Ce n'est qu'à ce moment-là que j'ai compris qu'elle ne parlait pas de moi.

Mémé a continué : « Je ne peux pas vous dire comme on était contents la première fois. Sûr, Helen s'est bien gardée de nous dire qu'il était prince. Si on avait su, on aurait insisté pour qu'elle l'épouse.

— Évidemment, a murmuré Grand-Mère.

— Mais cette fois, a poursuivi Mémé, on ne peut pas être plus heureux. Ce Frank est un amour.

— J'en conclus donc que nous sommes tous d'accord, a déclaré Grand-Mère. Ce mariage doit avoir lieu et il aura lieu.

— Bien sûr ! » a répondu Mémé.

J'ai bien cru qu'elles allaient cracher dans leurs mains et toper. Mais elles se sont contentées de boire une gorgée de leur thé.

Même si je savais que ni l'une ni l'autre n'avaient envie de m'entendre, je me suis quand même éclairci la voix. Mais devinant ce que je m'apprêtais à faire, Grand-Mère a lâché : « C'est inutile, Amelia. »

Trop tard. J'ai dit : « Maman ne veut pas... »

Mais Grand-Mère m'a coupé la parole et a appelé Vigo. « Vigo, avez-vous les chaussures ? Celles qui vont avec la robe de la princesse ? »

Comme par magie, Vigo est apparu avec les plus jolis escarpins en satin que j'aie jamais vus. Ils étaient ornés de rosettes sur le dessus qui rappelaient celles de la robe.

Vigo me les a montrés et a dit : « Ne sont-ils pas ravissants ? Vous devriez les essayez, Votre Altesse. »

C'était cruel. C'était sournois. C'était Grand-Mère tout craché.

Qu'est-ce que je pouvais faire ? Impossible de résister. Ils m'allaient à merveille. On aurait dit que, dedans, mes pieds avaient une taille de moins – peut-être même deux ! Peut-être que si le mariage était annulé, je pourrais les mettre avec la robe pour le bal du lycée. Jo Crox serait mon cavalier. Et...

Mais Grand-Mère a déclaré avec un soupir : « Quel dommage de devoir les renvoyer à cause d'une mère aussi têtue. »

À moins que...

On ne sait jamais.

J'ai demandé : « Je ne pourrais pas les garder pour une autre occasion ? »

Grand-Mère a répondu : « Certainement pas, voyons. Une jeune fille ne porte du rose que pour un mariage. »

Pourquoi faut-il que ça m'arrive à moi ?

Une fois ma leçon terminée – qui consistait apparemment aujourd'hui à rester assise et à écouter mes deux grand-mères se plaindre de leurs enfants (et petits-enfants) –, Grand-Mèrc s'est levée et a dit à Mémé : « Nous nous sommes bien comprises, n'est-ce pas, Shirley ? »

Mémé a répondu : « Pas de problème, Votre Altesse. »

Tous ces mystères ne me disaient rien qui vaille.

En fait, plus je réfléchis à cette histoire, plus je me demande si mon père a réussi à faire quelque chose pour sortir ma mère de ce qui a toutes les chances d'être un sacré embrouillamini. D'après Grand-Mère, une limousine viendra nous chercher, maman, Mr. G. et moi, demain soir, pour nous conduire au *Plaza*. Mais quand maman refusera de monter, tout le monde finira peut-être par comprendre qu'il n'y aura pas de cérémonie, non ?

Est-ce que je ne devrais pas prendre les choses en main ? Je sais que papa m'a dit qu'il s'occupait de tout, mais je le répète : il s'agit de Grand-Mère. DE GRAND-MÈRE !

Sur le chemin du retour, j'ai essayé de soutirer des informations à Mémé. Par exemple, ce que Grand-Mère entendait par : « Nous nous sommes bien comprises. »

Mais Mémé n'a rien voulu me dire, sauf que toutes ces visites les avaient fatigués, Pépé et elle – sans parler du souci qu'ils se faisaient pour Hank, dont ils n'avaient toujours pas de nouvelles. Bref, ils étaient trop fatigués pour sortir dîner et préféraient commander un repas dans leur chambre.

Personnellement, ça m'allait très bien. Au moins, j'étais sûre de n'entendre personne prononcer l'expression « cuite à point » devant moi ce soir.

Jeudi 30 octobre, 9 heures du soir

Ça y est, c'est fait : Mr. Gianini a apporté toutes ses affaires. Je viens de faire neuf parties de baby-foot. Je ne vous dis pas comme j'ai mal aux poignets.

En fait, qu'il habite ici de façon permanente ne change pas grand-chose puisqu'il était déjà là tout le temps avant. La seule différence, c'est la télé grand écran, le flipper, le baby-foot et la batterie dans le coin où d'habitude maman met son buste d'Elvis grandeur nature.

Ce que je préfère, c'est quand même le flipper. C'est un Motorcycle Gang, avec plein de dessins très réalistes qui représentent les Hell's Angels. Ils sont couverts de tatouages des pieds à la tête et portent des blousons en cuir. Il y a aussi des dessins de leurs petites amies. Comme elles sont très dévêtues et qu'elles se penchent en avant, on a une vue plongeante sur leur énorme poitrine. Sinon, dès que la boule entre dans le trou, on entend un bruit de moto qui démarre sur les chapeaux de roue.

Ma mère y a à peine jeté un œil et a secoué la tête d'un air dégoûté. Je sais qu'on peut trouver ces jeux misogynes et sexistes, mais je me suis quand même super bien amusée.

Aujourd'hui, Mr. Gianini m'a dit que je pouvais l'appeler Frank si je voulais, étant donné qu'on fait pratiquement partie de la même famille. Sauf que je n'y arrive pas. Du coup, je l'appelle « Hé ». Quand je veux le parmesan, je dis : « Hé, vous pouvez me passer le parmesan ? » ou quand je cherche la télécommande, je dis : « Hé, vous avez vu la télécommande ? »

Malin, non ? Comme ça, on n'a plus besoin de prénoms.

C'est sûr que tout le reste ne va pas être aussi simple. Par exemple, la cérémonie de demain. À ma connaissance, elle n'a toujours pas été annulée et ma mère n'a toujours pas l'intention d'y assister.

Curieusement, chaque fois que je lui en parle, au lieu de se mettre à flipper, elle sourit d'un air mystérieux et répond : « Ne t'inquiète pas pour ça, Mia. »

Elle est drôle. Comment veut-elle que je ne m'inquiète pas ? La seule chose de sûre, c'est qu'ils doivent aller à la mairie. Mais quand j'ai dit à ma mère que s'ils voulaient toujours que je me déguise en Empire State Building, il faudrait peut-être que je me mette à fabriquer mon costume, elle a de nouveau eu son petit air mystérieux et m'a répondu qu'on verrait ça plus tard.

J'en ai conclu qu'elle ne tenait pas à en parler

pour l'instant et je suis allée dans ma chambre pour appeler Lilly. Après tout, il était temps qu'elle m'explique ce qui lui arrivait.

Mais quand j'ai composé son numéro, la ligne était occupée. Ce qui signifiait que Lilly ou Michael était connecté sur Internet. Je me suis connectée aussi et j'ai envoyé un mail à Lilly. Elle m'a répondu tout de suite.

FtLouie : Lilly, est-ce que tu peux me dire où vous étiez, Hank et toi, aujourd'hui ? Et ne me mens pas en me racontant que vous n'étiez pas ensemble.

WomnRule : Je ne vois pas en quoi ça te regarde.

FtLouie : Disons que si tu tiens à ton petit ami, tu ferais mieux d'avoir une explication valable.

WomnRule : J'en ai une, mais je ne vais certainement pas te la dire. À tous les coups, tu irais la répéter à Beverly Bellerieve. Et donc à 22 millions de téléspectateurs.

FtLouie : Ce n'est vraiment pas sympa ce que tu dis. Écoute, Lilly, je me fais du souci pour toi. Ça ne te ressemble pas de sécher. Et ton livre sur le monde des adolescents ? Tu as peut-être raté quelque chose d'important, aujourd'hui, qui aurait pu te servir pour ton étude.

WomnRule : Ah bon ? Il s'est passé quelque chose d'intéressant aujourd'hui ?

FtLouie : Des élèves de terminale se sont introduits en cachette dans la salle des profs et ont mis un fœtus de porc dans le mini-frigo.

WomnRule : Oh, comme je regrette de ne pas avoir été là ! Il y a autre chose, Mia ? Parce que je suis en train de faire une recherche sur Internet.

Oui, il y avait autre chose. Est-ce que Lilly ne se rend pas compte qu'elle ne peut pas sortir avec deux garçons à la fois ? Surtout quand, parmi ses amies, il y en a une qui n'est jamais sortie avec un garçon ? Est-ce qu'elle ne se rend pas compte à quel point c'est égoïste ?

Mais au lieu de lui dire ça, j'ai écrit :

FtLouie : Eh bien, Boris a l'air assez mal. Je crois qu'il se doute de quelque chose.

WomnRule : Il faut que Boris apprenne que, lorsqu'on aime quelqu'un, on doit lui faire confiance. Penses-y toi aussi, Mia.

J'ai compris que Lilly faisait allusion à notre amitié, à elle et à moi. Mais tout bien réfléchi, sa remarque ne s'applique pas qu'à Boris et à elle, ou à elle et à moi. Elle s'applique aussi à mon père et à moi. Et à ma mère et à moi. Et à moi et à... tout le monde, finalement.

Cette pensée était-elle suffisamment forte pour la noter dans le journal que Mrs. Spears nous avait demandé de tenir ?

Je n'ai pas le temps de répondre à cette question

parce que juste après, j'ai reçu un message de... Jo Crox !

Jo Crox : Est-ce que tu vas voir The Rocky Horror Picture Show demain soir ?

J'ai cru que j'allais m'évanouir. Jo Crox allait voir *The Rocky Horror*.

Michael aussi.

Si Jo Crox va voir *The Rocky Horror Picture Show* et si Michael va le voir aussi, ça veut dire que Jo Crox est Michael et que Michael est Jo Crox.

C.Q.F.D.

J'ai bien dit : C.Q.F.D.

Je ne savais pas quoi faire. J'avais envie de sauter, de courir dans ma chambre en criant et en hurlant à la fois.

À la place – je n'en reviens pas de ma présence d'esprit – j'ai écrit :

FtLouie : J'espère.

Je n'arrive pas à y croire.

Dire que Michael est Jo Crox !

Qu'est-ce que je vais faire ?

Vendredi 31 octobre, en perm

Je me suis réveillée ce matin avec un drôle de pressentiment. Au début, je ne comprenais pas ce qui m'arrivait. J'étais dans mon lit, j'écoutais la pluie tambouriner contre ma fenêtre. Fat Louie était couché au pied de mon lit et massait ma couette avec ses pattes en ronronnant.

Et puis, je me suis rappelé que c'était ce soir que ma grand-mère projetait de célébrer en grande pompe le mariage de ma mère et de mon prof de maths, avec Mr. David Hasselhoff en personne comme invité d'honneur.

Je suis restée allongée un moment en regrettant de ne pas être de nouveau attaquée par un virus. Ça m'aurait au moins permis de ne pas avoir à me lever et à affronter ce qui allait à tous les coups être le drame du siècle.

Après, quand je me suis souvenue du mail que j'avais reçu la veille, je me suis levée d'un bond.

Michael est mon admirateur secret ! Michael est Jo Crox !

Et avec un peu de chance, il me l'aura avoué avant la fin de la journée !

Vendredi 31 octobre, pendant le cours de maths

Mr. Gianini est absent aujourd'hui. On a une remplaçante. Elle s'appelle Mrs. Krakowski.

C'est bizarre que Mr. G. ne soit pas là parce qu'il était là, ce matin, à la maison. J'ai même fait une partie de baby-foot avec lui en attendant Lars. Quand Lars est arrivé et qu'il lui a proposé de le déposer à l'école, Mr. G. a répondu qu'il irait plus tard.

Apparemment, c'est *beaucoup* plus tard.

En fait, il y a plein de gens qui manquent, aujourd'hui. Michael, par exemple. Il n'était pas avec Lilly quand on est passés en limousine, Lars et moi, ce matin. Lilly m'a dit que Michael avait eu des problèmes de dernière minute pour imprimer un dossier qu'il devait apporter à l'école.

Je me demande, moi, si ce n'est pas plutôt parce qu'il avait peur de se retrouver en ma présence après avoir admis qu'il était Jo Crox.

Bon d'accord, il ne l'a pas vraiment admis, mais c'est tout comme, non ?

Mr. Howell est trois fois plus âgé que Gilligan. Leur différence d'âge est de 48 ans. Quel âge ont Mr. Howell et Gilligan ?

T = Gilligan
3 T = Mr. Howell

3 T – T = 48
2 T = 48
T = 24

Hé, Mr. G., où êtes-vous ?

Vendredi 31 octobre, pendant l'étude dirigée

Très bien.

Je ne sous-estimerai plus jamais Lilly Moscovitz. De même que je ne la soupçonnerai plus jamais de n'avoir d'autres motivations qu'altruistes. J'en fais solennellement le serment par la présente.

Voilà ce qui s'est passé au réfectoire :

On était tous assis autour de la même table – moi, mon garde du corps, Tina Hakim Baba et son garde du corps, Lilly, Boris, Shameeka et Ling Su. Shameeka nous lisait à voix haute certaines des brochures que son père avait reçues pour des pensionnats de filles dans le New Hampshire. Plus elle découvrait ce qui l'attendait, plus elle devenait blême et plus j'avais honte d'avoir dit ce que j'avais dit pendant l'interview avec Beverly Bellerieve.

Et puis, tout à coup, on a senti une présence derrière nous.

On s'est tous retournés... sur un être d'allure si divine que l'espace d'une seconde, je suis sûre que même Lilly a pensé que c'était le Messie tant attendu par le peuple élu.

En fait, ce n'était que Hank, mais un Hank comme je ne l'avais jamais vu auparavant. Il portait un pull en cachemire noir sous un long manteau de cuir noir et un jean noir qui lui faisait des jambes minces et élancées. Ses cheveux dorés avaient une nouvelle coupe, plus courte. On aurait tellement dit Keanu Reeves dans *Matrix* que j'ai vraiment cru que c'était lui qui arrivait tout droit des studios, jusqu'à ce que je voie la paire de santiags. D'accord, c'était un modèle apparemment très cher, mais les santiags, c'est quand même des bottes de cow-boy, non ?

Tout le monde a retenu sa respiration dans le réfectoire quand il s'est assis à notre table et qu'il m'a dit : « Salut, Mia. »

Je me suis frotté les yeux. Ce n'était pas uniquement les vêtements. C'était comme si... Hank avait changé. D'abord, il avait la voix plus grave et puis, il sentait... super bon.

« Alors, comment ça s'est passé ? » lui a demandé Lilly tout en recueillant une goutte de crème glacée qui coulait de son pot.

Hank a parcouru la table des yeux et a répondu, de la même voix grave : « Vous avez devant vous le nouveau mannequin des sous-vêtements Calvin Klein. »

Lilly a sucé son doigt et a fait : « Hmmmm, super ! »

Ce à quoi Hank a répondu : « C'est grâce à toi, Lilly. Si tu n'avais pas été là, jamais ils ne m'auraient signé un contrat. »

À ce moment-là, j'ai compris ce qui avait changé chez Hank : il ne parlait plus avec son accent traînant de l'Indiana.

Lilly a dit : « On en a déjà discuté, Hank. Ce sont tes capacités naturelles qui t'ont mené là où tu es maintenant. Je t'ai seulement donné quelques tuyaux. »

Hank s'est tourné vers moi. Il avait les yeux brillants quand il m'a dit : « Ta copine Lilly a fait quelque chose que personne n'a jamais fait pour moi dans ma vie. »

J'ai lancé un regard accusateur à Lilly.

Je le savais. Je le savais qu'ils avaient couché ensemble.

Puis Hank a ajouté : « Elle a cru en moi, Mia. Elle a suffisamment cru en moi pour m'aider à réaliser mon rêve. Depuis que je suis tout petit, j'ai ce rêve, et Lilly est la seule qui m'a écouté jusqu'au bout quand je lui en ai parlé. Même Pépé et Mémé n'y ont pas cru. Ils m'ont dit d'y renoncer, que ça n'arriverait jamais. Mais quand j'en ai parlé à Lilly, elle m'a tendu sa main comme ça (Hank a tendu sa main et Lars, Tina, Wahim, le garde du corps de Tina, Shameeka, Ling Su et moi, on a tous regardé sa main aux ongles parfaitement manucurés), et elle m'a dit : « Viens avec moi, Hank. Je vais t'aider à réaliser ton rêve. »

Hank a baissé la main et a ajouté : « Tu sais quoi ? » Et sans me laisser le temps de répondre, il a dit : « Ça a marché. Aujourd'hui, mon rêve s'est réalisé. J'ai signé un contrat avec Calvin Klein. Je suis leur nouveau mannequin homme. Et c'est grâce à cette femme. »

Il s'est alors passé un truc incroyable. Hank s'est levé et s'est dirigé vers Lilly qui finissait tranquillement sa glace. Sans prévenir, il l'a soulevée de sa chaise et, alors que tout le monde, dans le réfectoire, avait les yeux braqués sur lui – même Lana Weinberger et sa bande de pom-pom girls –, il l'a embrassée à pleine bouche en y mettant tellement d'ardeur que j'ai cru qu'il allait lui faire remonter la glace.

Une fois qu'il a fini d'embrasser Lilly, il l'a relâchée. Et Lilly – on aurait dit quelqu'un qui vient de recevoir une décharge électrique –, s'est lentement affaissée sur sa chaise.

Hank a relevé le col de son manteau en cuir, il

s'est tourné vers moi et m'a demandé : « Mia, est-ce que tu peux dire à Pépé et Mémé de chercher quelqu'un pour me remplacer au magasin ? Je... Je ne rentre pas à Versailles avec eux. »

Et sur ces paroles, il a traversé le réfectoire avec la démarche d'un cow-boy qui s'éloigne après avoir gagné un duel.

En fait, je devrais plutôt dire, il a *commencé* à traverser le réfectoire. Parce que parmi ceux qui l'avaient observé en train de rouler une pelle à Lilly, il y avait Boris Pelkowski.

Et Boris Pelkowski – oui, j'ai bien dit Boris Pelkowski, avec son appareil dentaire et son pull dans son pantalon – l'a rattrapé, il s'est dressé devant lui et a dit : « Pas si vite, champion. »

Je ne sais pas si Boris a vu *Top Gun*, mais son *champion* avait quelque chose de menaçant, surtout à cause de son accent.

Mais Hank a continué d'avancer. Impossible de savoir s'il avait ou non entendu Boris, ou s'il avait décidé de ne pas laisser un minable violoniste gâcher sa sortie.

À ce moment-là, Boris est devenu comme fou. Il a attrapé Hank par le bras et a lâché : « Est-ce que tu sais que c'est *ma* poule que tu as embrassée ? »

Je ne plaisante pas. Boris a vraiment dit « ma poule ». Mon cœur a fait un bond dans ma poitrine ! Si seulement un garçon (bon d'accord,

Michael) pouvait m'appeler comme ça, au lieu de me comparer à Sailor Moon. Quand je pense que Boris considère que Lilly est *sa* poule ! Aucun garçon ne m'a jamais considérée comme *sa* poule. Je sais bien que ce n'est pas féministe, que les femmes ne sont pas la propriété des hommes et qu'on peut même y voir un côté sexiste. Mais quand même, j'adorerais qu'un jour un garçon (bon d'accord, Michael) m'appelle *sa* poule !

En attendant, Hank, lui, a dit : « Hein ? »

Le poing de Boris est alors brusquement parti en plein dans sa figure. *Boum !*

Sauf que ça n'a pas fait boum. Ça a plutôt fait un bruit un peu plus sourd. Le bruit d'os qui se brisent. Toutes les filles ont poussé un cri, persuadées que Boris venait d'abîmer le visage d'ange de Hank.

Mais ce n'est pas le visage de Hank qui a été broyé, c'est la main de Boris. Hank s'en est sorti sans une égratignure. En revanche, Boris, lui, a trois phalanges cassées.

Et vous savez ce que ça signifie ? Ça signifie, terminé Mahler ! Youpi !!!

Je sais, une princesse ne se réjouit pas du malheur d'autrui.

Vendredi 31 octobre, pendant le cours de français

J'ai emprunté le portable de Lars pour appeler Pépé et Mémé pendant l'heure du déjeuner. Il fallait bien que quelqu'un les prévienne que Hank allait bien. D'accord, il pose pour des sous-vêtements Calvin Klein, mais il va bien quand même.

Mémé devait être assise tout près du téléphone, parce qu'elle a décroché dès la première sonnerie et a dit : « Clarisse ? Je n'ai toujours pas de nouvelles. »

Ça m'a fait bizarre. Clarisse, c'est le prénom de Grand-Mère.

J'ai dit : « Mémé ? C'est moi, Mia. »

Mémé a ri et a répondu : « Oh, *Mia*. Excuse-moi, ma chérie. Je pensais que c'était la princesse. Je veux dire, la princesse douairière. Ton autre grand-mère.

— Je comprends, mais ce n'est que moi. Je t'appelle parce que j'ai vu Hank. »

Mémé s'est alors mise à hurler si fort que j'ai dû écarter le téléphone de mon oreille.

« OÙ EST-IL ? DIS-LUI DE MA PART QU'IL AURA AFFAIRE À MOI S'IL NE... »

Je ne l'ai pas laissée continuer et j'ai crié à mon tour : « Tais-toi, Mémé ! » D'accord, ça ne se fait pas de parler comme ça à sa grand-mère, mais je ne savais plus où me mettre. Tout le monde me regardait dans le hall du lycée tellement elle hurlait. J'ai essayé de me faire toute petite, je me suis glissée derrière Lars et j'ai dit tout doucement : « Mémé, écoute-moi. Hank vient d'être engagé comme mannequin chez Calvin Klein. Il va présenter la nouvelle collection de sous-vêtements. Il va devenir célèbre et...

— DE SOUS-VÊTEMENTS ! a recommencé à hurler Mémé. Mia, dis à ce garçon de rentrer IMMÉDIATEMENT !

— Ce n'est pas vraiment possible, Mémé, j'ai essayé d'expliquer. D'abord parce que...

— IMMÉDIATEMENT ! a répété Mémé, sinon il va m'ENTENDRE ! »

À ce moment-là, la cloche a sonné. J'avais encore une chose à vérifier.

J'ai demandé : « Au fait, la cérémonie a toujours lieu ? »

Mémé a hurlé : « LA QUOI ? »

Je me souviens que j'ai pensé alors : Pourquoi je ne peux pas être une fille normale qui n'a pas à se soucier de savoir si le mariage royal de sa mère et de son prof de maths est maintenu ou pas ?

J'ai répété : « La cérémonie » et Mémé a répondu : « Bien sûr qu'elle a toujours lieu. Pourquoi tu me demandes ça ? »

J'ai hésité et j'ai dit : « Eh bien... tu as parlé à maman ?

— À ta mère ? Oui, je lui ai parlé. Elle se prépare. »

Quoi ? Ma mère se préparait ? Jamais je n'aurais cru qu'elle aurait accepté. Je n'y croyais d'ailleurs tellement pas que j'ai demandé à Mémé : « Elle t'a vraiment dit qu'elle allait au *Plaza* ? »

Mémé a répondu : « Quelle question ! Évidemment. Il s'agit de son mariage, non ? »

Si on veut. Mais ça, je ne l'ai pas dit à Mémé. À elle, j'ai dit : « Oui, bien sûr » et j'ai raccroché.

J'étais anéantie.

Pour des raisons très personnelles, je l'avoue.

Bon d'accord, j'étais un petit peu triste pour maman. La pauvre, elle avait fait tout ce qu'elle pouvait pour contrer la volonté de Grand-Mère. Ce n'était pas sa faute, après tout. On ne peut rien contre une force aussi inexorable.

Mais la vérité, c'est que j'étais surtout triste pour moi. Parce qu'à cause de cette cérémonie, JE NE POURRAI JAMAIS me sauver à temps pour aller voir *The Rocky Horror Picture Show.* Jamais, jamais, *jamais.* Même si le film ne commence pas avant minuit, la réception sera loin d'être terminée à cette heure !

Qui sait si Michael me redemandera de sortir avec lui ? Pas une seule fois aujourd'hui, il ne m'a laissé entendre qu'il était Jo Crox. Il n'a même pas fait allusion au *Rocky Horror*.

Pourtant, on a parlé pendant l'étude dirigée. On n'a pas arrêté, même. C'est-à-dire qu'on a beaucoup parlé du fait que Lilly ait aidé Hank à réaliser son rêve de devenir mannequin. C'est un peu bizarre, quand on y réfléchit. Je tiens à rappeler qu'il y a tout juste un an, Lilly présentait dans *Lilly ne mâche pas ses mots* un reportage qu'elle annonçait par cette accroche : « Oui, vous, personnellement, vous pouvez stopper l'industrie de la mode sexiste, raciste et antigros ! » Elle incitait ensuite les téléspectateurs à « critiquer les publicités qui rabaissent la femme et imposent des critères de beauté », « faire entendre leurs protestations aux industriels du vêtement » et « informer les médias qu'ils voulaient une image de la femme plus variée et plus réaliste ». À la fin du reportage, elle les appelait à « lancer un défi aux hommes qui jugent, choisissent et rejettent les femmes sur leur seule apparence physique ».

L'échange qui suit a eu lieu pendant l'étude dirigée (Mrs. Hill est retournée dans la salle des profs – pour toujours, on l'espère tous) avec Michael Moscovitz qui, comme vous n'allez pas tarder à le voir, n'a pas mentionné UNE SEULE FOIS Jo Crox ou *The Rocky Horror* :

Moi : Lilly, je pensais que, pour toi, l'industrie de la mode et les agences de mannequins étaient dans l'ensemble sexistes, racistes et dépréciaient l'homme en tant qu'individu.

Lilly : Et alors ? Où veux-tu en venir ?

Moi : Eh bien, d'après Hank, c'est toi qui l'as aidé à réaliser son rêve de devenir mannequin.

Lilly : Mia, sache que lorsque je croise une âme humaine qui souffre de ne pouvoir s'autoréaliser, je suis incapable de passer mon chemin. Je me sens obligée de faire mon possible pour que le rêve de cette personne se réalise.

Ouah ! Je n'ai pas remarqué que Lilly en faisait tant que ça pour m'aider à réaliser mon rêve d'être embrassée sur la bouche par son frère. Mais c'est vrai que je ne lui ai pas vraiment fait part de ce rêve.

Moi : Je ne savais pas que tu avais tes entrées dans les agences de mannequins.

Lilly : Je n'en ai pas. J'ai simplement expliqué à ton cousin comment tirer profit de ses atouts. Deux, trois petits conseils pour améliorer son élocution et sa perception de la mode ont suffi à le mener droit chez Calvin Klein.

Moi : Mais pourquoi en avoir fait un tel secret ?

Lilly : Tu ne sais pas que les hommes sont fragiles, surtout quand il est question de leur ego ?

Michael est intervenu à ce moment-là.

Michael : Hé !

Lilly : Je suis désolée, mais c'est la pure vérité. Hank avait déjà une très mauvaise opinion de lui-même grâce à Amber, la reine du maïs du comté de Versailles. N'importe quel commentaire négatif aurait détruit le peu d'estime qu'il avait encore pour sa personne. Tu sais comme les garçons sont fatalistes.

Michael : Hé !

Lilly : Il était capital pour Hank qu'il poursuive son rêve sans se laisser influencer par la fatalité. Sinon, jamais il n'aurait pu le voir se réaliser. C'est pourquoi je n'ai parlé à personne de notre plan, pas même à ceux que j'aime profondément. N'importe lequel d'entre vous aurait, inconsciemment bien sûr, sapé ses chances par une remarque des plus *anodines*.

Moi : Tu exagères. On l'aurait tous soutenu.

Lilly : Mia, réfléchis bien. Si Hank t'avait dit : « Mia, je voudrais être mannequin », qu'est-ce que tu aurais fait, hein ? Tu aurais éclaté de rire.

Moi : Non, ce n'est pas vrai.

Lilly : Mais bien sûr que si. Parce que pour

toi, Hank n'est que ton cousin de la cambrousse, geignard et sujet à toutes sortes d'allergies. Moi, j'ai su voir au-delà de tout cela, et c'est l'homme en devenir que j'ai vu.

Michael : C'est ça, oui. Un homme destiné à illustrer un calendrier comme une vulgaire pin-up.

Lilly : La ferme, Michael. Tu es juste jaloux, c'est tout.

Michael : Ben voyons ! J'ai toujours rêvé de me voir en caleçon sur une affiche à Times Square.

Personnellement, ça ne me déplairait pas, mais je sais bien que Michael disait ça pour rire.

Michael : Tu sais quoi, Lilly ? Ça m'étonnerait que les parents soient impressionnés par ton formidable acte de charité au point d'oublier que tu as séché l'école. Surtout quand ils vont apprendre que tu es collée la semaine prochaine justement parce que tu as séché.

Lilly : (Avec l'air de celle qui souffre depuis tellement longtemps) Les élémosinaires sont souvent martyrisés.

Et voilà. C'est tout ce que Michael m'a dit de la journée. DE TOUTE LA JOURNÉE.

Note : chercher signification de *élémosinaire.*

Raisons pour lesquelles Michael n'admettra jamais qu'il est Jo Crox :

1. Il est vraiment trop timide et n'osera jamais me dire ce qu'il ressent pour moi.
2. Il pense que je ne l'aime pas.
3. Il a changé d'avis et ne m'aime plus.
4. Il ne veut pas être marqué socialement en sortant avec une fille de seconde et attend que je sois en terminale (sauf qu'à ce moment-là, lui sera à l'université, et le problème sera le même vu qu'il ne voudra pas être marqué socialement en sortant avec une lycéenne.)
5. Ce n'est pas Jo Crox et je me suis pris la tête à cause des mails que m'a envoyés ce garçon qui n'aime pas le maïs dans le chili.

Devoirs :

Maths : rien, puisque Mr. G. n'est pas là.

Anglais : Finir « Un jour dans sa vie » + « Un moment fort ».

Histoire : lire et commenter un événement pris dans le *Sunday Times* (200 mots minimum).

Étude dirigée : ne pas oublier d'apporter 1 dollar.

Français : p. 120, 8 phrases (ex. A).

Biologie : questions fin du chapitre XII – demander réponses à Kenny !

Journal pour Mrs. Spears

Un jour (j'ai choisi de parler d'une nuit à la place. Ça va quand même, Mrs. Spears ?) *dans ma vie par Mia Thermopolis*

Vendredi 31 octobre

3 h 16 : J'arrive à la maison avec mon garde du corps (dénommé par la suite Lars). Comme je ne trouve personne, j'en conclus que ma mère doit se reposer dans sa chambre (ce qu'elle fait souvent depuis quelque temps).

3 h 18 - 3 h 45 : Histoire de passer le temps, je joue au baby-foot avec Lars. Après avoir perdu sept parties sur douze, je prends la décision de m'entraîner à la première occasion.

3 h 50 : Étonnée que nos parties de baby-foot plutôt mouvementées n'aient pas réveillé ma mère, je vais frapper doucement à la porte de sa chambre en priant pour qu'elle ne s'ouvre pas sur la vision de ma mère au lit avec mon prof de maths.

3 h 51 : Comme je n'obtiens pas de réponse, je frappe plus fort. Je me dis qu'elle ne m'entend peut-être pas parce qu'elle est en plein acte sexuel et je croise les doigts pour ne pas apercevoir le moindre centimètre carré de chair nue.

3 h 52 : N'ayant toujours pas de réponse, je décide d'entrer dans la chambre pour découvrir... qu'il n'y a personne ! Je jette un coup d'œil dans la salle de bains. L'absence de certains produits, tels le mascara, le rouge à lèvres et un flacon d'acide folique dans l'armoire de toilette, me met la puce à l'oreille.

3 h 55 : Le téléphone sonne. Je décroche. C'est mon père. Ci-dessous notre conversation :

Moi : Papa ? Maman a disparu. Mr. Gianini aussi. Il n'était même pas à l'école aujourd'hui.

Père : Tu l'appelles toujours Mr. Gianini bien que vous viviez sous le même toit ?

Moi : Papa ! Où peuvent-ils bien être ?

Père : Ne te fais pas de souci.

Moi : Cette femme porte en elle ma dernière chance d'avoir un petit frère ou une petite sœur. Comment veux-tu que je ne me fasse pas de souci ?

Père : Tout va bien.

Moi : Comment veux-tu que je te croie ?

Père : Parce que je te le dis.

Moi : Pardonne-moi, papa, mais j'ai un peu de mal à te faire confiance.

Père : Comment ça ?

Moi : Eh bien, je te rappelle qu'il y a encore un

mois, tu me mentais sur ton identité et sur ton métier.

Père : Oh.

Moi : Alors maintenant, réponds-moi. OÙ EST MA MÈRE ?

Père : Elle t'a laissé une lettre. Tu n'auras le droit de la lire qu'à huit heures, ce soir.

Moi : Papa, huit heures, c'est l'heure à laquelle le mariage est censé avoir lieu.

Père : Je sais.

Moi : Papa, tu ne peux pas me faire ça. Qu'est-ce que je vais dire...

Voix : Philippe, tout va bien ?

Moi : Qui est avec toi ? Qui est-ce, papa ? C'est Beverly Bellerieve ?

Père : Il faut que je te laisse, Mia.

Moi : Non, papa, attends !

CLIC.

4 h - 4 h 15 : Je fouille l'appartement à la recherche d'indices pouvant me dire où se cache ma mère. Je n'en trouve aucun.

4 h 20 : Le téléphone sonne à nouveau. Cette fois, c'est ma grand-mère du côté paternel (dénommée par la suite Grand-Mère). Elle veut savoir si ma mère et moi sommes prêtes pour une séance de maquillage dans son salon de beauté. Je lui explique que maman est déjà partie (après tout, c'est la vérité). Grand-Mère se méfie. Je lui dis que si elle a des questions, qu'elle demande à son fils, mon père. Grand-Mère répond que c'est bien son intention. Puis elle ajoute qu'une limousine passera me prendre à cinq heures.

5 h 00 : La limousine arrive. Lars et moi montons. À l'intérieur, se trouvent ma grand-mère paternelle et ma grand-mère maternelle (dénommée par la suite Mémé). Mémé est très excitée à l'idée des noces qui se préparent – quoique son excitation soit tempérée par la désertion de mon cousin Hank, qui a décidé de devenir mannequin. Grand-Mère, en revanche, est curieusement très calme. Elle dit que son fils (mon père) a annoncé que la future mariée avait préféré aller chez son coiffeur. Je repense au flacon d'acide folique et je ne dis rien.

5 h 20 : Arrivée chez *Paolo*.

6 h 45 : Sortie de chez *Paolo*. Je n'en reviens pas de ce que Paolo a réussi à faire aux cheveux de Mémé. Elle ne ressemble plus à la mère dans le film de John Hughes, mais à un membre d'un country club classe.

7 h 00 : Arrivée au *Plaza*. Mon père attribue l'absence de la mariée au fait qu'elle ait désiré se reposer avant la cérémonie. J'oblige en cachette Lars à appeler à la maison. Bizarrement, il n'y a personne.

7 h 15 : Il commence à pleuvoir. Mémé fait remarquer que se marier un jour de pluie est signe de soucis. Grand-Mère dit que c'est le contraire, qu'un mariage pluvieux est un mariage heureux. Mémé rétorque que ce n'est pas ce qu'on dit chez elle. J'assiste au premier désaccord au sein du rang anciennement uni des grand-mères.

7 h 30 : Je suis invitée à passer dans une petite pièce mitoyenne au salon Blanc et Or, où je retrouve les autres demoiselles d'honneur (les mannequins Gisele Bündchen, Carmen Kass et Amber Valetta, que Grand-Mère a engagées puisque ma mère a refusé de lui fournir sa propre liste de demoiselles d'honneur). J'enfile ma magnifique robe rose.

7 h 40 : Une fois qu'elles m'ont dit que j'étais ravissante, les demoiselles d'honneur me tournent le dos et se mettent à parler de la soirée de la veille au cours de laquelle un invité a vomi sur les chaussures de Claudia Schiffer.

7 h 45 : Les invités commencent à arriver. Je manque ne pas reconnaître mon grand-père maternel sans sa casquette de baseball. Avec son smoking, il fait penser à un espion. Genre Matt Damon plus âgé.

7 h 47 : Un couple arrive qui se présente comme étant les parents du mariés. Les parents de Mr. Gianini venus de Long Island ! Mr. Gianini père appelle Vigo « Bucko ». Vigo a l'air ravi.

7 h 48 : Martha Stewart discute près de la porte

avec Donald Trump. Ils parlent de l'immobilier à Manhattan. Martha Stewart ne trouve pas de copropriété qui accepte ses chinchillas.

7 h 50 : David Hasselhoff s'est fait couper les cheveux. C'est incroyable ce que ça le rajeunit. La reine de Suède lui demande s'il est un ami de la mariée ou du marié. Curieusement, il répond du marié. Comment explique-t-il, dans ce cas, que Mr. Gianini n'ait aucun de ses disques ? Je le sais parce que j'ai regardé les C.D. de Mr. G. et je n'ai vu que les Rolling Stones et les Who.

7 h 55 : Tout le monde se tait en voyant David Hasselhoff s'installer au piano à queue. Je prie pour que ma mère se trouve dans l'hémisphère Sud et qu'elle n'assiste pas à la scène qui va suivre.

8 h 00 : Le public attend. Je demande à mon père, qui est venu me rejoindre, de me donner la lettre de ma mère. Il me la donne.

8 h 01 : Lecture de la lettre.

8 h 02 : J'éprouve le besoin de m'asseoir.

8 h 05 : Grand-Mère et Vigo sont en grand conciliabule. Ils semblent s'être rendu compte de l'absence de la mariée et du marié.

8 h 07 : Amber Valetta déclare à voix basse que si ça ne commence pas tout de suite, elle va être en retard à son dîner avec Hugh Grant.

8 h 10 : Le silence se fait tandis que mon père, l'air très princier dans son smoking (malgré sa calvitie) s'avance au milieu de l'assemblée. David Hasselhoff s'arrête de jouer.

8 h 11 : Mon père fait l'annonce suivante :

Père : Je voudrais tous vous remercier d'être venus ce soir malgré vos emplois du temps très chargés. Malheureusement, le mariage de Helen Thermopolis et de Frank Gianini n'aura pas lieu... du moins, ce soir. L'heureux couple nous a fait faux bond. Helen et Frank se sont en effet envolés ce matin pour Cancún, où j'ai cru comprendre qu'ils avaient l'intention de se marier dans la plus stricte intimité.

Un cri retentit du côté du piano à queue. Ce n'est pas David Hasselhoff qui l'a poussé, semble-t-il, mais Grand-Mère.

Père : Vous êtes tous, bien sûr, conviés à vous joindre à nous dans le salon Blanc et Or pour dîner. Et encore une fois, merci d'être venus.

Mon père se retire. Les invités, perplexes, se dirigent vers le buffet pour boire un cocktail. On n'entend plus rien du côté du piano à queue.

Moi : (À personne en particulier) Le Mexique ! Mais

ils sont fous. Si ma mère boit l'eau du robinet, le bébé va avoir des palmes à la place des pieds !

Amber : Ne t'inquiète pas. Mon amie Heather est tombée enceinte au Mexique. Elle a bu de l'eau du robinet et elle vient d'avoir des beaux jumeaux.

Moi : Avec des nageoires dorsales sur le dos, c'est ça ?

8 h 20 : David Hasselhoff recommence à jouer. Du moins jusqu'à ce que Grand-Mère crie : « La ferme ! »

Voici ce que ma mère m'a écrit :

Chère Mia,

Lorsque tu liras cette lettre, Frank et moi serons mariés. Pardonne-moi de ne pas t'avoir prévenue plus tôt, mais je voulais que tu puisses répondre en toute sincérité que tu n'étais pas au courant de notre départ quand ta grand-mère te le demandera (et elle te le demandera), de sorte qu'il n'y ait pas de ressentiment entre vous deux.

Du ressentiment entre Grand-Mère et moi ? Elle plaisante ou quoi ? Il n'y a jamais eu de ressentiment entre nous, voyons ! Enfin, en ce qui me concerne.

Notre plus grand désir, à Frank et à moi, c'était que tu sois présente à notre mariage. Aussi avons-nous décidé de le célébrer une seconde fois, à notre retour, mais dans le plus grand secret, et avec seulement notre petite famille et nos amis !

Ça risque d'être intéressant. La majorité des amies de ma mère sont des féministes militantes ou des artistes qui exécutent des performances. Il y en a une qui aime bien arriver sur scène nue et s'arroser de chocolat fondu tout en récitant de la poésie.

Je me demande si elles vont s'entendre avec les amis de Mr. G. qui, d'après ce que j'ai cru comprendre, adorent regarder le foot à la télé.

Tu as été absolument formidable en ces temps de crise, Mia, et je veux que tu saches à quel point ton père, ton beau-père et moi-même sommes fiers de toi. Tu es la meilleure fille qu'une mère puisse désirer et le petit bonhomme ou le petit bout de femme que je porte en moi ne sait pas encore la chance qu'il ou elle a de t'avoir pour grande sœur.

Tu me manques déjà.

Maman

Vendredi 31 octobre, 9 heures du soir

Je suis sous le choc.

Non pas parce que maman et mon prof de maths se sont enfuis. Si vous voulez mon avis, je trouve ça assez romantique.

Je suis sous le choc parce que mon père – j'ai bien dit *mon* père – les a aidés à filer. Ce qui signifie qu'il a tenu tête à sa mère. Et pas qu'un peu.

Finalement, toute cette histoire m'a permis de me rendre compte qu'il n'avait pas du tout peur de Grand-Mère ! Il ne veut tout simplement pas être embêté, et préfère ne pas la contredire que se battre avec elle, parce que se battre est fatigant et trop compliqué.

En même temps, il a agi différemment, cette fois. Il a frappé du poing sur la table.

Et vous pouvez être sûr qu'il va le payer.

Quand j'y pense ! Il va falloir que je revoie tout ce que je pensais sur lui jusqu'à présent. Un peu comme quand Luke Skywalker découvre que son père, c'est Dark Vador. Sauf que pour moi, ça marche dans l'autre sens.

Bref, pendant que, derrière le piano à queue, Grand-Mère donnait libre cours à sa fureur, je suis allée voir mon père. Je me suis jetée à son cou et j'ai dit : « Tu as fait ça ! »

Il m'a regardée en fronçant les sourcils et a répondu : « Ça a l'air de te surprendre. »

Oups ! Je crois que j'ai fait une gaffe. « C'est parce que... tu sais bien..., j'ai dit d'une petite voix.

— Non, je ne sais pas, a répondu mon père.

— Eh bien, c'est... c'est... »

POURQUOI, mais POURQUOI est-ce que je ne tourne pas ma langue sept fois dans ma bouche avant de parler ?

J'ai hésité à mentir et je pense que mon père l'a senti, parce qu'il a dit sur le ton de l'avertissement : « *Mia...* »

J'ai renoncé. « O.K., j'ai dit de mauvaise grâce. C'est juste que parfois tu donnes l'impression – mais juste l'impression – d'avoir peur de Grand-Mère. »

Mon père m'a serrée dans ses bras. Il a fait ça devant Liz Smith, qui s'apprêtait à rejoindre tout le monde dans la salle de bal. Elle nous a souri d'un air attendri.

Mon père m'a dit alors : « Mia, je n'ai pas peur de

ma mère. Elle n'est pas si terrible que tu le crois. Il faut seulement savoir la prendre. »

Première nouvelle !

Et puis, il a ajouté : « Par ailleurs, crois-tu vraiment que je te laisserais tomber ? Ou que je laisserais tomber ta mère ? Je serai toujours là pour vous deux. »

C'était tellement gentil que les larmes me sont montées aux yeux. Mais c'était peut-être à cause de la fumée de cigarette. Il y avait plein de Français à la réception.

Brusquement, il m'a demandé : « Mia, tu trouves que je me suis aussi mal comporté que ça ? »

Comme je n'ai pas compris sa question, j'ai répondu : « Non, papa, bien sûr que non. Vous êtes cool, comme parents, maman et toi. »

Mon père a hoché la tête et a dit : « Je vois. »

J'ai senti que ça ne suffisait pas. Du coup, j'ai dit : « Je parle sérieusement. Je ne pouvais pas rêver mieux. » Mais je n'ai pas pu m'empêcher d'ajouter : « C'est vrai que le coup de la princesse, ce n'était peut-être pas indispensable. »

J'ai cru qu'il allait m'ébouriffer les cheveux à ce moment-là mais il s'est retenu, sans doute parce que j'avais tellement de gel que sa main y serait restée collée.

Il a dit : « Je suis désolé, Mia. Mais est-ce que tu crois vraiment que tu aurais été plus heureuse si tu n'avais été que... appelons-la... Nancy, une ado normale ? »

Euh... Oui.

Sauf que je n'aurais pas aimé m'appeler Nancy.

On aurait pu continuer à parler tous les deux, et j'aurais peut-être même pu utiliser cette conversation pour mon faux journal intime tellement ce qu'on disait était profond, mais Vigo est arrivé soudain, l'air complètement affolé. Il y avait de quoi, cela dit. Sa réception était en train de virer au désastre. Un : les mariés n'étaient pas là, et deux : la maîtresse de maison, c'est-à-dire la princesse douairière, s'était enfermée dans sa suite et refusait d'en sortir.

« Que voulez-vous dire par " Elle refuse de sortir " ? » a demandé mon père.

Vigo a répondu, au bord des larmes : « Ce que je viens de dire, Votre Altesse. Je ne l'ai jamais vue aussi en colère ! Elle dit qu'elle a été trahie par sa propre famille et qu'elle n'osera plus jamais se montrer en public après un tel affront. »

Mon père a levé les yeux aux ciel et a dit : « Allons-y. »

Quand on est arrivés devant la porte de la suite, il a fait signe à Vigo de se taire. Puis il a frappé à la porte.

« Mère ! a-t-il appelé. C'est Philippe. Puis-je entrer ? »

Grand-Mère n'a pas répondu. Mais je savais qu'elle était là. On entendait Rommel gémir doucement.

« Mère ! » a insisté mon père en tournant la poignée de la porte.

Quand il s'est rendu compte que Grand-Mère s'était enfermée à clé, il a poussé un gros soupir.

On peut comprendre pourquoi. Il n'avait quand même pas passé la plus grande partie de sa journée à déjouer tout ce qu'elle avait soigneusement organisé pour se retrouver coincé maintenant, non ?

« Mère ! a-t-il appelé une troisième fois. Je veux que vous ouvriez cette porte. »

Grand-Mère n'a toujours pas répondu.

« Mère, vous êtes ridicule, a déclaré mon père. Ouvrez-moi tout de suite, sinon je demande à la réception d'ouvrir avec le passe de l'hôtel. C'est ce que vous voulez ? »

Comme je savais que Grand-Mère préférerait se montrer démaquillée devant nous plutôt de que laisser un membre du personnel de l'hôtel assister à l'une de nos petites querelles de famille, j'ai posé la main sur le bras de mon père et j'ai murmuré : « Laisse-moi faire. »

Mon père a haussé les épaules et, avec l'air de dire si-tu-crois-que-ça-va-marcher, il s'est écarté.

Je me suis approchée de la porte et j'ai appelé : « Grand-Mère ? Grand-Mère ? C'est moi, Mia. »

Je ne sais pas ce que j'espérais. Certainement pas qu'elle m'ouvre sur-le-champ. Elle ne l'avait pas fait pour Vigo, qu'elle adore, ni pour son fils qui, si elle ne l'adore pas, est quand même son seul et unique enfant. Pourquoi l'aurait-elle fait pour moi ?

C'est pourquoi je n'ai pas été particulièrement surprise de ne rien entendre de l'autre côté de la porte, à part les petits cris que poussait Rommel.

Mais je ne me suis pas démontée pour autant. J'ai haussé la voix et j'ai dit : « Je suis désolée pour maman et Mr. Gianini, Grand-Mère. Mais reconnais que je t'avais prévenue. Je t'avais dit que maman ne voulait pas de ce mariage. Tu aurais pu t'en rendre compte en voyant que pas une seule personne présente ce soir n'a été invitée par maman. Il n'y a que *tes* amis. À l'exception de Mémé et de Pépé. Et des parents de Mr. Gianini. Est-ce que maman connaît Imelda Marcos ? Non. Et Barbara Bush ? Non plus. Je suis sûre qu'elle est très sympa, mais ce n'est pas une amie proche de ma mère. »

Toujours pas de réponse.

J'ai poursuivi : « Franchement, Grand-Mère, ton attitude me surprend. Tu m'as dit qu'une princesse devait toujours se montrer forte et que, même dans l'adversité, elle devait garder la tête haute et ne pas profiter de son statut pour se dérober à ses obligations. On ne peut pas dire que c'est ce que tu fais en ce moment, tu ne trouves pas ? Ne devrais-tu pas être avec tes invités et faire comme si tout se passait comme tu l'as prévu, et même, porter un toast en l'honneur du couple absent ? »

J'ai fait un bond en arrière quand j'ai vu la poignée de la porte tourner lentement. Une seconde plus tard, Grand-Mère sortait de sa chambre, toute de pourpre vêtue, son diadème sur la tête.

L'air digne, elle a déclaré : « Je n'ai jamais eu l'intention de rester enfermée ici toute la soirée. Je suis juste montée me remettre du rouge à lèvres. »

On s'est regardés, mon père et moi, et j'ai dit : « Bien sûr, Grand-Mère. »

Elle a refermé la porte derrière elle et a ajouté : « Une princesse ne fait jamais attendre ses invités.

— Oui, Grand-Mère.

— Que fais-tu ici, alors ? » m'a-t-elle demandé en nous jetant un regard noir à papa et à moi.

J'ai répondu : « Je suis venue voir si tu allais bien.

— Comme tu peux le constater, je vais très bien », a rétorqué Grand-Mère.

Puis elle a fait quelque chose de totalement surprenant. Elle m'a prise par le bras. Sans un regard pour mon père, elle a dit : « Allons-y. »

Mon père a levé les yeux au ciel devant tant de mauvaise foi.

J'ai dit : « Attends, Grand-Mère », et j'ai pris mon père par le bras.

Ce qui fait qu'on s'est retrouvés dans le couloir de l'hôtel, solidement soudés tous les trois par... eh bien, moi.

Grand-Mère a redressé le menton mais n'a fait aucun commentaire. Mon père, lui, a souri.

Et vous savez quoi ? Je n'en suis pas sûre, mais je pense qu'on venait de vivre un moment très fort.

Du moins, en ce qui me concerne.

Samedi 1er novembre, 2 heures du matin

La soirée n'a pas été un fiasco total.

Plusieurs personnes se sont même énormément amusées. Hank, par exemple. Il est arrivé juste à temps pour mettre les pieds sous la table – il a toujours eu le chic pour ça –, et je dois reconnaître que son smoking de chez Armani lui allait comme un gant.

Mémé et Pépé étaient ravis de le revoir. Je crois même que Mrs. Gianini, la mère de Mr. Gianini, s'est entichée de lui. Ce doit être à cause de ses bonnes manières. Quand le bal a été ouvert, il l'a invitée à danser pendant que papa dansait avec Grand-Mère. Grand-Mère lui a jeté un petit coup d'œil et je suis sûre qu'à ce moment-là, elle a pensé qu'il aurait pu faire un consort idéal pour moi.

Heureusement que les mariages entre cousins germains sont interdits à Genovia depuis 1907.

Mais les gens les plus heureux à qui j'ai parlé de toute la soirée ne se trouvaient pas au *Plaza.* Vers dix heures du soir, Lars m'a tendu son téléphone portable et quand j'ai dit : « Allô ? » en me demandant qui ça pouvait bien être, la voix de ma mère, qui me paraissait très, très lointaine, a répondu : « Mia ? »

Je ne voulais pas prononcer le mot « maman » trop fort. Je savais que Grand-Mère traînait dans les parages. Et à mon avis, elle n'est pas prête à pardonner de sitôt à mes parents le coup qu'ils lui ont fait. Je me suis cachée derrière une colonne et j'ai dit à voix basse : « Maman ? Est-ce que Mr. Gianini a fait de toi une femme respectable ? »

Oui, il l'avait fait. Ils avaient régularisé. (Personnellement, je trouve que c'est un peu tard, mais bon, le bébé ne naîtra pas comme moi, marqué à jamais par le stigmate de l'illégitimité.) Ils étaient passés devant monsieur le maire à 6 heures et se prélassaient à présent sur une plage en train de boire des piña coladas. J'ai fait promettre à ma mère de ne pas en boire trop. On ne sait jamais avec les glaçons dans ce genre d'endroit.

« Il peut y avoir des parasites dans la glace, maman. Il y a même des vers qui vivent dans les glaciers de l'Antarctique. On les a étudiés en bio. Ils prolifèrent depuis des milliers d'années. Même si l'eau est gelée, tu peux être malade. Exige d'avoir des glaçons préparés avec de l'eau minérale. Écoute, passe-moi Mr. Gianini, je vais lui expliquer exactement ce qu'il doit faire... »

Mais ma mère m'a interrompue et a dit : « Mia, comment... comment a réagi ma mère ? »

J'ai jeté un coup d'œil dans la direction de Mémé. La vérité, c'est que Mémé ne s'était jamais autant amusée. Apparemment, elle adorait jouer son rôle de mère de la mariée. Jusqu'à présent, elle avait dansé avec Hank, avec le prince Albert, qui était là pour représenter la famille de Monaco, et avec le prince Andrew qui ne semblait pas regretter Fergie, si vous voulez mon avis.

Pourtant, j'ai répondu à ma mère : « Elle t'en veut terriblement. »

Je sais bien que c'est faux, mais c'est le genre de mensonge qui ne pouvait que faire plaisir à ma mère. L'une des choses qu'elle préfère dans la vie, c'est rendre ses parents dingues.

D'ailleurs, elle a dit en haletant : « C'est vrai, Mia ?

— Bien sûr que c'est vrai », j'ai répondu en regardant Pépé faire virevolter Mémé autour de la fontaine de champagne. Et j'ai ajouté : « Ça m'étonnerait qu'ils t'adressent de nouveau la parole. »

Ma mère s'est exclamée gaiement : « Oh, quel dommage, n'est-ce pas ? »

Parfois, mon aptitude à mentir est assez utile, je dois dire. Malheureusement, on a été coupées juste après. Je n'ai plus qu'à espérer que maman a bien entendu mon avertissement sur les vers qui vivent dans les glaçons.

En ce qui me concerne, je ne peux pas vraiment dire que je m'amusais comme une folle. À part Hank, il n'y avait personne de mon âge, et Hank était trop occupé à danser avec Gisele pour avoir le temps de me parler.

Vers 11 heures, mon père est venu me voir et m'a dit : « Au fait, Mia, ce n'est pas Halloween, ce soir ? »

J'ai répondu : « Si, papa. »

Il m'a regardée et a dit : « Tu n'avais pas rendez-vous ? »

Je n'avais pas oublié le *Rocky Horror Picture Show*, non, je pensais seulement que Grand-Mère aurait besoin de moi et je me disais que, parfois, la famille passait avant les amis, et même avant l'amour...

Mais dès que mon père m'a demandé si je n'avais pas rendez-vous, j'ai répondu : « Si, si. »

Le film commençait à minuit au *Village Cinema*, à un quart d'heure d'ici. Si je me dépêchais, je pourrais arriver à l'heure. C'est-à-dire, Lars et moi, on pourrait arriver à l'heure.

Il n'y avait qu'un problème : on n'était pas déguisés et pour assister à cette séance, le *Village Cinema* exigeait qu'on le soit.

Martha Stewart, qui avait surpris notre conversation, a brusquement déclaré : « Comment ça, vous n'êtes pas déguisés ? »

Je me suis tournée vers elle et j'ai dit : « Sûr qu'avec cette robe, je peux passer pour une fée, mais je n'ai ni baguette ni couronne. »

Je ne sais pas si Martha avait trop bu de champagne ou si elle est toujours comme ça, mais, une seconde plus tard, elle me fabriquait une baguette magique à partir de mélangeurs à cocktail en cristal qu'elle avait attachés ensemble avec le lierre du milieu de table. Elle m'a ensuite confectioné une couronne à l'aide de plusieurs menus et d'un tube de colle qu'elle avait dans son sac.

Et vous savez quoi ? C'était super. On aurait dit la couronne du *Magicien d'Oz* ! (Martha avait mis les menus à l'envers de sorte que l'écriture était à l'intérieur.)

Une fois qu'elle a eu fini, elle a dit : « Vous voilà en Glinda, la bonne fée. » Puis elle a regardé Lars et a ajouté : « Vous, c'est facile. Vous êtes James Bond. »

Lars avait l'air ravi. Je suis sûre qu'il a toujours rêvé d'être agent secret.

Mais la plus ravie, c'était moi. Vous vous rendez

compte ? Michael allait enfin me voir dans ma belle robe.

Mon père m'a accompagnée jusqu'au seuil du *Plaza* – j'aurais bien dit au revoir à Grand-Mère, mais elle dansait un tango avec Gerald Ford – et je me suis retrouvée face à une horde de journalistes qui criaient : « Princesse Mia ! Princesse Mia ! Que pensez-vous de la fugue de votre mère ? »

J'étais sur le point de laisser Lars me pousser dans la limousine quand j'ai eu une idée. J'ai attrapé le micro le plus proche et j'ai fait la déclaration suivante : « À toutes les personnes qui me regardent en ce moment à la télé, je voudrais dire que le lycée Albert-Einstein est le meilleur lycée de Manhattan, et peut-être même d'Amérique du Nord, et que les élèves sont super encadrés par les profs. Tous ceux qui disent le contraire ne savent pas de quoi ils parlent, Mr. Taylor. »

(Mr. Taylor est le père de Shameeka.)

Puis j'ai rendu le micro à son propriétaire et je suis montée dans la limousine.

On a failli ne jamais arriver. Premièrement, le défilé pour Halloween avait provoqué des embouteillages monstrueux. Deuxièmement, il y avait une queue devant le *Village Cinema* qui faisait presque tout le tour du pâté de maisons ! Le chauffeur a roulé lentement pendant que Lars et moi, on observait les gens. Comme tout le monde était déguisé, ce n'était pas évident de reconnaître Michael, Lilly et toute la bande.

Et puis, j'ai vu un groupe de soldats en treillis de la Seconde Guerre mondiale. Ils étaient tous couverts de sang et certains avaient même de faux moignons à la place des membres. Ils tenaient un panneau sur lequel on pouvait lire : *Il faut sauver le soldat Ryan.* À côté d'eux se tenait un garçon déguisé en mafioso, un étui à violon à la main.

C'est l'étui à violon qui m'a mis la puce à l'oreille.

J'ai crié au chauffeur : « Ils sont là ! Arrêtez-vous ! »

Le chauffeur s'est rangé le long du trottoir et Lars et moi, on est sortis d'un bond. Une fille en chemise de nuit s'est écriée : « Génial ! Tu as réussi à t'échapper ! »

C'était Lilly. Et juste derrière elle, Michael, avec des boyaux dégoulinant de sang qui dépassaient de sa veste de l'armée.

« Vite, nous a-t-il dit à Lars et à moi. Mettez-vous dans la queue. Il me reste deux places. Je les avais prises pour vous, au cas où. »

Comme les gens râlaient un peu en voyant qu'on resquillait, Lars s'est retourné et leur a montré son étui à revolver. Rien de tel pour les faire taire. Il faut dire que le Glock de Lars, ce n'est pas de la rigolade.

Quand Lilly m'a demandé où était Hank, je n'ai

pas osé lui dire la vérité, à savoir qu'il dansait avec Gisele. J'ai répondu qu'il n'avait pas pu venir. Je ne voulais pas qu'elle pense qu'il préférait les mannequins à... eh bien... à nous.

Boris, qui m'avait entendue, a déclaré : « Tant mieux. »

D'un simple regard, Lilly lui a fait comprendre qu'il ferait mieux de se taire, puis elle s'est tournée vers moi et m'a demandé : « En quoi tu es censée être déguisée ? »

J'ai répondu : « Ça se voit pas ? En Glinda, la bonne fée. »

Michael a commencé à dire : « Tu es... Tu es... », mais il n'a pas fini sa phrase. À tous les coups, il me trouvait l'air gourde.

Lilly a déclaré : « C'est beaucoup trop glamour pour Halloween. »

Glamour ? Bon, il valait mieux avoir l'air glamour que gourde, mais pourquoi Michael ne me l'avait-il pas dit ?

J'ai observé Lilly et à mon tour je lui ai demandé en quoi elle était déguisée. Elle a tendu les bras en avant, a esquissé quelques pas et a répondu : « En somnambule. »

Boris m'a montré son étui à violon et a dit : « Et moi, je suis Al Capone.

— C'est bien, Boris », j'ai dit en remarquant qu'il

portait un pull sous sa veste et que, oui, il l'avait rentré dans son pantalon.

À ce moment-là, quelqu'un a tiré sur ma jupe. Je me suis retournée. C'était Kenny, en treillis et avec un bras en moins.

Il m'a souri et s'est exclamé : « C'est super ! Tu as pu venir !

— Oui », je lui ai répondu.

Et puis, la queue a commencé à avancer. Michael, Kenny et les autres garçons du Club informatique – ils étaient tous déguisés en militaires – ont entonné : « Un, deux, *froid* ! Un, deux, *froid* ! »

Il ne faut pas leur en vouloir. Après tout, ils font partie du Club informatique.

Lorsque la salle a été plongée dans l'obscurité, je me suis dit que quelque chose clochait, sans savoir exactement ce que c'était. Je m'étais débrouillée pour m'asseoir à la gauche de Michael. Lars, lui, était censé s'asseoir à ma gauche à moi. Sauf qu'au dernier moment, Kenny l'a poussé et s'est assis à sa place. C'est-à-dire à côté de moi.

Ce n'était pas si grave que ça puisque Lars était assis juste derrière moi. Mais à peine installé, Kenny s'est mis à me parler – essentiellement de biologie. Ça m'énervait un peu, parce qu'il accaparait mon attention quand, moi, je n'avais qu'une envie : penser à Michael. Est-ce qu'il trouvait vraiment que j'avais l'air gourde ? Quand est-ce que je devais lui faire comprendre que je l'avais démasqué ? J'avais répété dans ma tête ce que je lui dirais. C'était un truc comme : « Alors, tu as vu un bon dessin animé, récemment ? »

Bon d'accord, ce n'est pas terrible, mais comment amener le sujet autrement ?

J'avais hâte que le film se termine pour passer à l'attaque.

En même temps, *The Rocky Horror Picture Show*, c'est super drôle. Ils sont tous dingues, dans ce film. Quant aux gens dans la salle, ils étaient déchaînés : ils lançaient des morceaux de pain sur l'écran, ouvraient des parapluies quand il pleuvait dans le film et dansaient en faisant des contorsions exagérées. En fait, *The Rocky Horror Picture Show*, c'est presque aussi bien que *Dirty Dancing*, sauf qu'il n'y a pas Patrick Swayze.

Autre chose : ça ne fait pas peur du tout. Ce qui n'était pas de veine, dans un sens, parce que je n'ai pas pu faire comme si j'étais morte de trouille et prendre la main de Michael.

Mais bon, j'étais assise à côté de lui. Pendant deux heures. Dans le noir. C'est déjà ça, non ? Et puis, chaque fois que Michael éclatait de rire, il me jetait un coup d'œil pour voir si je riais moi aussi. Ce n'est pas rien. C'est vrai, quoi. Quand quelqu'un vous surveille pour savoir si vous riez des mêmes choses que lui, ça signifie bien quelque chose.

Le problème, c'est que Kenny faisait pareil. Il riait et ensuite me regardait pour voir si je riais aussi.

Je sais. J'aurais dû me douter de quelque chose. Mais j'étais à cent lieues d'imaginer ce qui allait m'arriver !

Bref, après le film, on est tous allés prendre le petit déjeuner au *Round the Clock*, qui est ouvert toute la nuit. Et là, les choses se sont compliquées.

J'étais déjà allée au *Round the Clock*, évidemment – dans quel autre café peut-on trouver des pancakes à deux dollars dans Manhattan ? –, mais jamais aussi tard, et jamais accompagnée par un garde du corps. Pauvre Lars ! Il avait l'air épuisé et buvait café sur café.

On était tous assis à la même table, Lilly, Boris, Michael, Kenny, les garçons du Club informatique et moi, et pour la deuxième fois de la soirée, je me suis retrouvée entre Michael et Kenny. Tout le monde parlait super fort et en même temps. J'étais en train de me demander quand je pourrais amener le sujet des dessins animés quand Kenny m'a glissé à l'oreille : « Tu as reçu des mails intéressants récemment ? »

O.K. Je suis désolée de l'avouer, mais c'est seulement à ce moment-là que ça a fait tilt dans ma tête.

Michael n'était pas Jo Crox.

Je crois qu'une petite partie de moi le savait, en

fait, et depuis longtemps. Ça ne ressemble pas à Michael d'envoyer des lettres anonymes. Ce n'est pas son genre non plus de ne pas signer de son vrai nom. J'avais pris mes désirs pour des réalités.

J'avais VRAIMENT pris mes désirs pour des réalités.

Jo Crox, c'était Kenny. Jo Crox ne pouvait être que Kenny.

Attention, je ne suis pas en train de dire que Kenny craint. Pas du tout. Il est sympa, super sympa même. Et je l'aime bien.

Sauf qu'il n'est pas Michael Moscovitz.

Quand Kenny m'a demandé si j'avais reçu des mails intéressants, je l'ai regardé et j'ai essayé de sourire.

J'ai dit : « Kenny, c'est toi Jo Crox ? »

Kenny a grimacé et a fini par répondre : « Ben... oui. Tu n'avais pas deviné ? »

Non. Parce que je suis trop bête.

J'ai fait : « Ah, ah » en me forçant à sourire de nouveau et j'ai ajouté : « Enfin. »

Kenny a dit alors : « Super. Tu sais, tu me fais vraiment penser à Sailor Moon, c'est vrai ! Et puis Sailor Moon est super cool. Comme toi. »

Je n'en croyais pas mes oreilles. *Kenny. Kenny.* Mon partenaire de biologie. 1,80 m, complètement gauche et toujours prêt à me donner les réponses en bio. Comment j'avais pu oublier qu'il adorait les dessins animés japonais ? Il regarde tout le temps la chaîne Cartoon. Il est carrément accro. Les mangas, c'est ce qu'il préfère dans la vie.

J'avais envie de mourir.

Je lui ai souri une troisième fois, mais du bout des lèvres.

Apparemment, Kenny n'a rien remarqué parce qu'il a continué : « Tu sais quoi ? Il y a un nouveau site sur Sailor Moon qui vient d'ouvrir. Si tu veux, je te donnerai l'adresse. »

Jamais je ne m'étais sentie aussi mal ! Heureusement que je n'avais rien dit à Michael. Vous imaginez un peu ce qui serait arrivé si j'avais mis mon plan à exécution ? Michael aurait pensé que j'avais perdu la boule, ou oublié de prendre mes médicaments.

Kenny s'est penché vers moi et a murmuré : « Tu veux qu'on sorte ensemble, Mia ? Je veux dire, tous les deux ? »

Je déteste ça. Je déteste quand quelqu'un vous dit : « Tu veux qu'on sorte ensemble » au lieu de : « Tu veux qu'on sorte ensemble *mardi* ? » Parce que dans ce cas, on peut toujours trouver une excuse. On peut répondre : « Mardi ? Désolée. Je suis occupée. »

Mais on ne peut pas répondre : « Non, je ne veux pas sortir avec toi. Ni mardi ni aucun autre jour. »

Ce serait trop méchant.

Et je ne voulais pas être méchante avec Kenny. Je l'aime bien. C'est vrai. Il est drôle, il est sympa.

Mais est-ce que j'ai envie de me retrouver avec sa langue dans ma bouche ?

Pas vraiment.

Qu'est-ce que je pouvais répondre ? « Non, Kenny. Je ne veux pas sortir avec toi parce que je suis amoureuse du frère de ma meilleure amie. »

On ne peut pas dire ça.

En fait, il y a peut-être des filles qui peuvent le dire.

Mais pas moi.

Du coup, j'ai répondu : « Bien sûr. Pourquoi pas ? »

Après tout, je ne risquais pas grand-chose. Ce qui ne te tue pas te rend plus fort, comme dit toujours Grand-Mère.

À partir de ce moment-là, je n'ai pas eu d'autre choix que de laisser Kenny glisser un bras autour de mes épaules – le seul qu'il avait, l'autre étant soigneusement caché sous son déguisement pour donner l'impression qu'il avait été gravement blessé en sautant sur une mine.

On était tellement serrés autour de la table qu'en mettant son bras autour de mes épaules, Kenny a heurté Michael.

Michael s'est tourné vers nous... Puis il a adressé

un coup d'œil furtif à Lars, comme s'il... Je ne sais pas.

Comme s'il avait compris ce qui se passait et voulait que Lars y mette un terme ?

Non. Bien sûr que non. Ça ne pouvait pas être ça.

En tout cas, comme Lars n'a pas réagi (il était occupé à mettre du sucre dans son café), Michael s'est brusquement levé et a dit : « Je suis crevé. Je rentre. »

Tout le monde a ouvert de grands yeux étonnés, avec l'air de penser : il a perdu la tête ou quoi ? Certains n'avaient même pas fini de manger leur pancake. Lilly a dit : « Qu'est-ce que tu as, Michael ? Tu as peur que ton carrosse se transforme en citrouille ? »

Michael a haussé les épaules et a calculé combien il devait.

Je me suis levée à mon tour et j'ai dit : « Je suis crevée, moi aussi. Lars, vous pouvez appeler la voiture ? »

Trop content de pouvoir enfin aller se coucher, Lars a aussitôt sorti son portable et a composé le numéro du chauffeur.

Au même moment, Kenny a dit : « Quel dommage que tu doives rentrer si tôt, Mia. Je peux t'appeler ? »

Lilly, à qui cette dernière question n'avait pas

échappé, m'a regardée. Puis elle a regardé Kenny. Ensuite, elle a regardé Michael. Et elle s'est levée.

« On y va, Al, a-t-elle lancé en donnant une tape sur la tête de Boris. On met les voiles. »

Sauf que Boris n'a pas compris. Il a demandé : « Tu veux aller faire un tour en bateau ? »

Quand j'ai vu que tout le monde sortait son porte-monnaie pour payer la note, je me suis aperçue que je n'en avais pas. De porte-monnaie. Donc d'argent. Je n'avais même pas de sac. Apparemment, Grand-Mère ne jugeait pas que c'était nécessaire avec ma tenue de demoiselle d'honneur.

J'ai donné un coup de coude à Lars et je lui ai demandé tout bas : « Vous avez un peu de monnaie sur vous ? Je n'ai pas un rond. »

Lars a hoché la tête et a sorti son portefeuille. Mais Kenny, qui avait suivi la scène, a déclaré : « Non, Mia, laisse. Je t'invite. »

J'ai complètement flippé quand il a dit ça. Je ne voulais pas que Kenny m'invite.

Aussi, j'ai dit : « Non, non. Ce n'est pas la peine. »

Mais ça n'a servi à rien. Kenny a jeté sur la table plusieurs billets et a lâché sur un ton un peu sec : « J'insiste. »

Comme je suis censée être bien élevée, puisque je suis une princesse, j'ai répondu : « Merci beaucoup, Kenny. »

Lars a alors tendu un billet de vingt dollars à Michael et a dit : « Pour les places de cinéma. »

Mais Michael a refusé de prendre le billet – d'accord, c'était l'argent de Lars, mais mon père l'aurait remboursé. D'un air gêné, il a déclaré : « Non, non, Lars. J'y tiens. »

Résultat, j'ai dit : « Merci beaucoup, Michael » quant tout ce que j'avais envie de dire, c'était : « Partons d'ici tout de suite ! Je n'en peux plus ! »

Parce que quand deux garçons paient pour vous, ça veut dire que vous sortez avec les deux. Et en même temps !

Ce que j'ai fait, dans un sens, non ?

On pourrait penser que ça m'aurait fait super plaisir, dans la mesure où je ne suis jamais *vraiment* sortie avec *un garçon*, sans parler de deux en même temps.

Eh bien, non. Ça ne me faisait pas plaisir. Mais alors, pas du tout. Je ne trouvais même pas ça drôle. Premièrement, parce que sur les deux garçons, il y en a un avec qui je n'ai absolument pas envie de sortir. Et deuxièmement, parce que celui avec lequel je n'ai absolument pas envie de sortir est justement celui qui m'a dit qu'il m'aimait bien...

C'était un tel supplice que je ne rêvais que d'une chose : rentrer chez moi et me mettre au lit en faisant comme si rien n'était arrivé.

Sauf que je ne pouvais même pas faire ça. Maman

et Mr. G. étant à Cancún, je devais rester au *Plaza* avec Grand-Mère et papa jusqu'à leur retour.

Une fois dans la rue, les garçons du Club informatique se sont engouffrés dans la limousine. Ils m'avaient demandé de les déposer chez eux et je n'ai pas pu leur dire non. Après tout, la voiture était assez grande.

Bref, alors qu'ils montaient les uns après les autres et que je me demandais comment j'allais me sortir de cette histoire, Michael, qui se tenait juste derrière moi en attendant son tour, m'a dit : « Au fait, Mia... Tout à l'heure, quand tu es arrivée au cinéma, ce que je voulais te dire, c'est que tu es... tu es... »

J'ai cligné des yeux en le regardant dans la lumière rose et bleu du néon qui brillait dans la vitrine de *Round the Clock*. Je n'en revenais pas. Même éclairé par un néon rose et bleu, et avec de faux boyaux qui pendaient de sa chemise, Michael était toujours aussi...

Je n'ai pas eu le temps de formuler le mot dans ma tête qu'il m'a dit, très vite et sans reprendre sa respiration : « Tu es ravissante dans cette robe. »

J'ai levé les yeux vers lui et je lui ai souri. J'avais l'impression d'être Cendrillon, à la fin du dessin animé de Walt Disney quand, après l'avoir enfin retrouvée, le prince charmant lui met le soulier au pied et que ses haillons se transforment en robe de bal et que les souris se mettent à danser et à chanter.

L'espace d'une seconde, c'est exactement ce que j'ai cru vivre.

Et puis, une voix à côté de nous a dit : « Alors, vous vous dépêchez tous les deux ? » On s'est retournés et on a vu la tête de Kenny et son bras indemne qui sortaient du toit de la limousine.

Je suis devenue toute rouge et j'ai répondu : « Euh... oui, oui. »

Et je suis montée dans la limousine comme si rien ne s'était passé.

Cela dit, quand on y réfléchit bien, rien ne s'était vraiment passé.

Sauf que pendant tout le trajet jusqu'au *Plaza*, une petite voix en moi n'arrêtait pas de chantonner : « Michael trouve que tu es ravissante ! Michael trouve que tu es ravissante ! *Michael* trouve que tu es ravissante ! »

Et vous savez quoi ? Peut-être que Michael ne m'a pas envoyé de mail anonyme. Peut-être qu'il ne pense pas que je ressemble à Sailor Moon. Mais il trouve que je suis ravissante dans ma robe rose. Et c'est ça qui compte.

Je suis dans la chambre de Grand-Mère en ce moment, entourée de montagnes de cadeaux de mariage et de naissance, avec Rommel qui tremble de tous ses membres à l'autre bout du canapé, dans son pull-over en cachemire rose. Je suis censée écrire des lettres de remerciement, mais à la place j'écris dans mon journal.

Personne ne s'en est rendu compte. Je me demande si ce n'est pas parce que Pépé et Mémé sont là. Ils sont montés chez Grand-Mère pour nous dire au revoir avant de reprendre l'avion. En ce moment, mes deux grand-mères font des listes de prénoms et se demandent qui elles vont pouvoir inviter pour le baptême. (Oh, non ! Grand-Mère ne va pas remettre ça !) Papa et Pépé, eux, parlent de la rotation des cultures. Apparemment, c'est un sujet très important pour les fermiers de l'Indiana et pour les propriétaires d'oliveraies de Genovia. Même si Pépé tient une quincaillerie et que papa est à la tête d'une principauté. Au moins, *ils se parlent !*

Hank aussi est là, pour nous dire au revoir et essayer de convaincre ses grands-parents qu'ils ne font pas une erreur en le laissant à New York – cela dit, s'il veut que ça marche, il ferait mieux de ranger son téléphone portable. Il ne l'a pas lâché depuis qu'il est arrivé. D'après ses conversations, ce sont essentiellement les filles d'hier soir qui l'appellent.

Tout compte fait, ça ne va pas si mal pour moi. Je vais avoir un petit frère ou une petite sœur, et mon beau-père n'est pas seulement un crack en maths, c'est aussi un champion de baby-foot.

Quant à mon père, il m'a prouvé qu'il y avait au moins une personne sur terre qui n'avait pas peur de Grand-Mère.

À propos de Grand-Mère, je dois dire qu'elle semble plus cool qu'avant, même si elle refuse toujours d'adresser la parole à son fils, sauf quand elle ne peut vraiment pas faire autrement, bien sûr.

À part ça, j'ai rendez-vous tout à l'heure avec Kenny. Il y a un festival du Manga au *Village Cinema*. Kenny veut à tout prix qu'on y aille ensemble, et comme je lui ai dit que j'étais d'accord pour qu'il m'appelle... je ne pouvais pas me dédire.

Mais ce n'est pas grave parce qu'après je vais chez Lilly. On doit préparer le prochain épisode de *Lilly ne mâche pas ses mots*. Ça sera sur les souvenirs qu'on a refoulés. On va s'hypnotiser pour voir si on peut se les rappeler. Lilly est convaincue d'avoir été Elizabeth Ire dans une autre vie.

Et vous savez quoi ? Je pense qu'elle a raison.

Comme on risque de finir tard, les parents de Lilly m'ont proposé de rester pour la nuit. Lilly et moi, on a décidé de louer *Dirty Dancing* et *The Rocky Horror Picture Show,* histoire de se refaire une soirée Halloween.

Je ne sais pas pourquoi, mais j'ai idée que demain matin, Michael arrivera dans la cuisine pour prendre son petit déjeuner en pantalon de pyjama et en robe de chambre, mais la ceinture pas attachée, comme la dernière fois que j'ai dormi chez les Moscovitz.

Si vous voulez mon avis, ce sera un moment fort pour moi.

Très fort, même.

Samedi 6 décembre

C'est la C.A.T.A.S.T.R.O.P.H.E.

Je sais que ce n'est pas la première fois que je le dis, mais CETTE FOIS, c'est vrai.

Et pourquoi ? Pourquoi CETTE FOIS en particulier ? Étonnamment, ce n'est pas parce que :

Il y a trois mois, j'ai appris que j'étais l'héritière du trône d'un tout petit pays d'Europe et qu'à la fin du mois je vais devoir me rendre dans ce tout petit pays pour être officiellement présentée à mon peuple qui, à tous les coups, va me détester. Autant être réaliste : quand on ne porte que des Doc Martens montantes, et que le feuilleton télé qu'on préfère, c'est *Alerte à Malibu,* on ne fait pas franchement « princesse ».

Ce n'est pas la catastrophe non plus parce que :

Dans six mois, ma mère va accoucher de l'enfant de mon prof de maths, avec qui elle s'est récemment enfuie pour se marier.

Ou encore parce que :

Au lycée, les profs nous donnent tellement de devoirs – sans compter qu'après les cours, Grand-Mère me martyrise avec tous ces trucs de princesse que je dois apprendre avant Noël – que je n'ai plus le temps de tenir mon journal, ou de faire n'importe quoi d'autre, d'ailleurs.

Oh, non. Ce n'est pas à cause de tout cela.

C'est la catastrophe parce que :

Je sors avec un garçon.

À presque quinze ans, on pourrait penser qu'il était temps. Toutes mes copines sortent avec des garçons. J'ai bien dit toutes, même Lilly, pour qui le sexe masculin est pourtant responsable de presque tous les maux de la société, si ce n'est de tous.

Bon d'accord. Le petit copain de Lilly, c'est Boris Pelkowski. Et même si Boris Pelkowski est l'un des plus jeunes virtuoses du violon, il persiste à rentrer son pull dans son pantalon et a souvent des aliments coincés dans son appareil dentaire. Personnellement, je ne sortirais pas avec lui. Mais bon, s'il plaît à Lilly, tant mieux pour elle.

En même temps, je dois avouer que, lorsque Lilly

– qui est la personne la plus difficile à satisfaire sur Terre (et je suis bien placée pour le savoir, c'est ma meilleure amie depuis la maternelle) – m'a annoncé qu'elle sortait avec un garçon, ça m'a fait flipper parce que ça voulait peut-être dire qu'il n'y avait pas que mon gigantisme et mon incapacité à verbaliser ma colère rentrée, comme disent les parents de Lilly qui sont psychanalystes l'un et l'autre, qui clochaient chez moi.

Bref, un beau jour, j'en ai eu un. Petit ami, je veux dire.

O.K. Peut-être pas un beau jour. Kenny m'avait envoyé avant, sur mon ordinateur, plusieurs lettres d'amour anonymes. Mais je ne savais pas qu'elles venaient de lui. Je pensais (d'accord, j'espérais) que c'était quelqu'un d'autre jusqu'à ce que je comprenne que c'était lui. Et à ce moment-là, il était trop tard pour faire machine arrière. J'avais un petit ami.

Mon problème aurait dû être réglé, n'est-ce pas ?

Eh bien, non. Il ne l'est pas.

Attention. Je ne dis pas que je n'apprécie pas Kenny. Je l'apprécie. Je l'apprécie même beaucoup. En plus, on a plein de points communs. Par exemple, on pense tous les deux qu'il n'y a pas que la vie humaine qui compte, mais *toutes* les formes de vie. Du coup, on refuse de disséquer des fœtus de cochon ou des grenouilles pendant le cours de bio. À la place, on rédige des dossiers sur les cycles de vie des larves et des vers de farine.

On aime bien aussi la science-fiction. Kenny est beaucoup plus expert que moi, mais il a été super impressionné quand je lui ai parlé de Robert A. Heinlein et d'Isaac Asimov, qu'on nous a obligés à lire à l'école (curieusement, Kenny ne s'en souvenait pas).

Cela dit, je ne lui ai pas avoué que je trouvais ça parfois assez barbant, la science-fiction. C'est vrai, quoi. Il n'y a pratiquement jamais de filles dedans.

En revanche, il y en a beaucoup dans les mangas. Kenny adore les mangas. Il a même décidé de consacrer sa vie à leur promotion (plus précisément quand il ne sera pas occupé à chercher un remède contre le cancer). J'ai remarqué que la plupart des filles dans les mangas laissent leurs cheveux flotter au vent quand elles pilotent un avion de chasse et qu'elles bombardent les forces du mal. C'est un peu risqué, non ?

Mais, comme je l'ai dit, je n'ai jamais parlé de tout ça à Kenny. Ce qui ne nous empêche pas de bien nous entendre. Pour plein de choses, je trouve que c'est assez sympa d'avoir un petit copain. Par exemple, je n'ai plus à me soucier de savoir avec qui je vais aller au bal laïque qu'organise cet hiver le lycée (c'est comme ça qu'on l'appelle maintenant, parce que son ancien nom, le bal de Noël du lycée Albert-Einstein, offensait les élèves qui ne fêtent pas Noël).

Et pourquoi je n'ai plus à me soucier de savoir avec qui je vais aller au plus grand bal du lycée, à l'exception du bal de fin d'études ?

Parce que j'y vais avec Kenny.

Bon d'accord, il ne me l'a pas encore proposé, mais il va le faire. Parce que c'est mon petit ami.

C'est génial, non ? Parfois, je me dis que je suis la fille la plus chanceuse sur Terre. Sérieux. Si on y réfléchit bien : je ne suis peut-être pas très jolie, mais je ne suis pas non plus totalement défigurée ; j'habite New York, qui est la ville la plus cool au monde ; je suis princesse ; j'ai un petit ami. Qu'est-ce que je pourrais demander de plus, hein ? Franchement.

Vous voulez savoir ?

Vous voulez que je vous dise ce qui ne va pas dans ma vie ?

J'ai un petit ami et JE NE L'AIME PAS.

Attention, je ne suis pas en train de dire que Kenny craint. Pas du tout. Il est gentil, drôle, intéressant. En plus, il est assez mignon, dans le genre grand et maigre.

C'est juste que quand je le vois dans le hall du

lycée, mon cœur ne se met pas à battre la chamade comme le cœur des filles dans les romans d'amour que m'a prêtés mon amie Tina Hakim Baba.

Pareil quand il me prend la main, au cinéma ou dans la rue. Je ne ressens pas ce petit picotement dans les doigts dont elles parlent.

Et quand il m'embrasse ? Il paraît que des feux d'artifice doivent s'allumer partout dans le ciel. Eh bien, je peux vous dire que je n'en ai pas vu un seul. *Niet. Nada.* Même pas un tout petit feu de Bengale.

C'est curieux, parce que, avant d'avoir un petit copain, je passais mon temps à me demander comment en trouver un, et une fois trouvé, comment l'amener à m'embrasser.

Sauf que, maintenant que c'est fait, je passe mon temps à me demander comment éviter qu'il m'embrasse.

Ce qui marche le mieux, jusqu'à présent, c'est tourner la tête. Quand je vois la bouche de Kenny s'approcher de moi, je tourne la tête au dernier moment. Du coup, Kenny embrasse ma joue et mes cheveux.

Ce que je déteste aussi, c'est quand il me regarde dans les yeux – ce qu'il fait souvent – et qu'il me demande à quoi je pense. Je ne peux pas lui répondre « À toi », vu que ce n'est pas à lui que je pense.

Celui à qui je pense, c'est Michael Moscovitz, le frère de Lilly, que j'aime depuis... Depuis toujours, j'imagine.

Pour en revenir à Kenny, ce que je déteste, mais alors vraiment, c'est qu'aux yeux de tout le monde, on passe pour un couple, lui et moi. Maintenant, ce n'est plus Lilly et Mia qui traînent ensemble le samedi soir, c'est Lilly-et-Boris et Kenny-et-Mia. Parfois Tina Hakim Baba et son petit copain, Dave Farouq El-Abar, et Shameeka Taylor et Daryl Gardner se joignent à nous, et ça devient Lilly-et-Boris, Kenny-et-Mia, Tina-et-Dave et Shameeka-et-Daryl.

Résultat, si je casse avec Kenny, avec qui je sortirai le samedi soir, hein ? Lilly-et-Boris, Tina-et-Dave et Shameeka-et-Daryl ne supporteraient jamais de traîner Mia-toute-seule. Je serai comme la cinquième roue du carrosse.

Sans parler du fait que, si je casse avec Kenny, je n'aurai personne avec qui aller au bal. Bon d'accord, encore une fois, Kenny ne m'a toujours pas proposé de l'accompagner.

Zut ! Je n'ai pas vu l'heure. Il faut que je file. J'ai rendez-vous à la patinoire du Rockefeller Center avec Kenny et Lilly-et-Boris, et Tina-et-Dave.

Tout ce que j'ai à dire, c'est : méfiez-vous quand vous faites un vœu. Il peut se réaliser.

Dimanche 7 décembre, 11 heures

Je pensais que c'était la catastrophe parce que je sortais avec un garçon que je n'aime pas et que je vais devoir casser avec lui sans lui faire de peine, ce qui, à mon avis, est impossible.

Eh bien, j'étais loin de mesurer à quel point c'était vraiment la catastrophe.

Du moins jusqu'à hier soir.

Parce que hier soir, Lilly-et-Boris, Tina-et-Dave et Kenny-et-Moi avons découvert un nouveau couple : Michael-et-Judith.

Vous avez bien lu : Michael, le frère de Lilly. Il est arrivé hier soir à la patinoire avec Judith Gershner, la présidente du Club informatique – dont Michael est le trésorier.

Judith Gershner, comme Michael, est en terminale à Albert-Einstein.

Judith Gershner, comme Michael, fait partie des meilleurs élèves du lycée.

Judith Gershner, comme Michael, sera acceptée dans n'importe quelle université de son choix parce que Judith Gershner, comme Michael, est une élève brillante.

En fait, Judith Gershner, comme Michael, a remporté un prix l'année dernière au concours annuel de Technologie et Recherche biomédicale du lycée

Albert-Einstein pour avoir réussi à cloner une drosophile.

Elle a cloné une drosophile. Chez elle. Dans *sa* chambre.

Judith Gershner sait comment cloner une drosophile dans sa chambre, et moi je ne sais même pas multiplier deux fractions entre elles.

Si vous étiez Michael Moscovitz – c'est-à-dire un élève qui n'a eu que des A pendant toute sa scolarité et qui a été accepté sur dossier à Columbia –, avec qui préféreriez-vous sortir ? Une fille qui sait cloner des drosophiles dans sa chambre ou une fille dont la moyenne en maths dépasse difficilement D bien que *sa mère ait épousé son prof de maths* ?

Attention. Je ne suis pas en train de dire que Michael ait un jour envisagé de sortir avec moi, même si, je dois l'admettre, deux ou trois fois, j'ai cru qu'il allait me le proposer. Je devais sans doute prendre mes désirs pour des réalités. Soyons honnête. Qu'est-ce qu'un garçon comme Michael, qui réussit à l'école et qui réussira probablement dans n'importe quelle carrière qu'il choisira, ferait avec une fille comme moi ? Je vous rappelle quand même que j'étais à deux doigts de me faire virer avant de suivre des cours de soutien avec Mr. Gianini et, ironie du sort, avec Michael en personne ?

La vérité, c'est que Michael et Judith Gershner

vont très bien ensemble. Ils se ressemblent même. Ils ont tous les deux des cheveux noirs bouclés et sont blancs comme un cachet d'aspirine à force de rester enfermés dans leur chambre à surfer sur le Net à la recherche d'infos sur les génomes.

Mais si Michael et Judith Gershner vont si bien ensemble, pourquoi est-ce que ça m'a fait bizarre quand je les ai vus arriver à la patinoire ?

À suivre...

Composition Nord Compo

« Pour l'éditeur, le principe est d'utiliser des papiers composés de fibres naturelles, renouvelables, recyclables et fabriquées à partir de bois issus de forêts qui adoptent un système d'aménagement durable. En outre, l'éditeur attend de ses fournisseurs de papier qu'ils s'inscrivent dans une démarche de certification environnementale reconnue. »

Dépôt légal 1ère publication septembre 2012

Imprimé en Espagne par RODESA

20.2995.7/01 - ISBN 978-2-01-202995-8
Dépôt légal : septembre 2012

Loi n° 49-956 du 16 juillet 1949
sur les publications destinées à la jeunesse.